ユン Yun
アトリエールを経営する【生産職】。
砂漠エリアで手に入れた
【神秘の黒鉱油】をいじっていると…？
「……ビ、ビックリしたぁ。
なんだよ、あの爆発？」
Only Sense Online
オンリーセンス・オンライン 21

OSO
アル Alphard
ギルド【新緑の風】の
中堅プレイヤー。
双子の姉・ライナによく
尻に敷かれる魔法使い
「可愛いなぁ、何食べるんだろう」
ライナ Lyna
ギルド【新緑の風】の
中堅プレイヤー。
双子の弟・アルと
タッグを組む槍使い

「天使族だよ！　可愛いでしょ！」
ミュウ Myu
片手剣と白魔法を使いこなす聖騎士。
今は【フェアリーズ・テイル】に夢中
フェアリーズ・テイル
「撃墜スコア、更新！」
タク Taku
武器収集が趣味の双剣士。
今は【ステラ・ギア】に夢中
ステラ・ギア

「ここからは、賭けだな
――《連射弓・三つ巴》！」

Only Sense Online 21
—オンリーセンス・オンライン—

アロハ座長

ファンタジア文庫

3151

口絵・本文イラスト　mmu
キャラクター原案　ゆきさん

Only Sense Online

ソロクエストと装備容量

Only Sense Online
オンリーセンス・オンライン 21

Only Sense Online Area Map
廃村
恐竜平原
桃藤花の樹
飛竜山脈
ホリア洞窟
クリス洞窟
第二の町
暗い森
墓地
湖
海
孤島

火山
北の町
高原&グランドロック
鉱山
山脈
第三の町
第一の町
小さな泉
湿地
迷宮街
荒野
N
砂漠

ユン Yun

最高の不遇武器【弓】を選んでしまった初心者プレイヤー。見習い生産職として、付加魔法やアイテム生産の可能性に気づき始め――

ミュウ Myu

ユンのリアル妹。片手剣と白魔法を使いこなす聖騎士《パラディン》で超前衛型。β版では伝説になるほどのチート級プレイヤー

マギ Magi

トップ生産職のひとりとしてプレイヤーたちの中でも有名な武器職人。ユンの頼れる先輩としてアドバイスをくれる

セイ Sei

ユンのリアル姉。β版からプレイしている最強クラスの魔法使い。水属性を主に操り、あらゆる等級の魔法を使いこなす

タク Taku

ユンをOSOに誘った張本人。片手剣を使い軽鎧を装備する剣士。攻略に突き進むガチプレイヤー

クロード Cloude

裁縫師。トップ生産職のひとりで、衣服系の装備店の店主。ユンやマギのオリジナル装備クロ《C》ード・シリ《S》ーズを手がけている

リーリー Lyly

トップ生産職のひとりで、一流の木工技師。杖や弓などの手製の装備は多くのプレイヤーから人気を集める

序章　完全蘇生薬《そせいやく》と新作ＶＲＭＭＯ

ＯＳＯの第一の町の一角――【アトリエール】の畑では、【サンフラワー】が栽培されていた。

数日前までは、太陽を追うように黄色い花を咲かせていたサンフラワーも今では、頭《こうべ》を垂れるように枯れて、茎も黄緑色に変色している。

そんな枯れたサンフラワーの花に寂しさを覚える一方、花の中心にはびっしりと黒い種を実らせていた。

「花が枯れて種が熟成したみたいですね」

そんな枯れたサンフラワーを確かめるＮＰＣ《ノン・プレイヤー・キャラクター》のキョウコさんの言葉に俺は、気持ちが浮き足立つのを感じる。

「それじゃあ、【サンフラワーの種】の収穫だ！」

「はい、頑張りましょう」

俺は、栽培用のハサミで垂れ下がる枯れた花を切り取ると、枯れたサンフラワーの花が消滅し、代わりに【サンフラワーの種】が入った小袋が現れる。

「普通、花から種を取り除く作業が必要なのに、ファンタジーだよなぁ」

どこから小袋が現れたのか疑問に思わなくはないが、最早《もはや》慣れた不思議現象であるために、俺とキョウコさんは、黙々と枯れた花を刈り取り種に変えていく。

「でも、沢山種が採れるの気持ちが良いなぁー」

枯れた花を切り取る作業はすぐに終わり、植木鉢に残ったままのサンフラワーの茎を引っこ抜く。

空いた鉢植えに肥料を追加して再び種を播《ま》けば、サンフラワーの栽培ができる。

「キョウコさん、引っこ抜いたサンフラワーの茎や根とかどうする？」

「茎と根は、後で細断して堆肥置き場に混ぜ込みます。とてもいい肥料になると思いますよ」

「了解。それじゃあ、纏《まと》めておくね」

植木鉢から引っこ抜いたサンフラワーの茎や根は、キョウコさんのアドバイスを受けて一箇所に纏めていく。

そうして、【サンフラワーの種】の収穫と種播きを終えた俺たちの手元には、【サンフラワーの種】の小袋が山のように集まっていた。

「えっと――【サンフラワーの種袋】が57個かぁ。結構採れたな」

一袋大体200粒くらい入って、200グラム。種の重さにしたら11キロほどになるだろう。

水や肥料などの他にも、取得した【栽培】センスの影響や採取時にボーナスが入る【園芸時輪具】なんかのアクセサリーのお陰か、沢山の種が手に入った。

「ユンさん、手に入れた種はどうされますか？」

「次の栽培用の予備の種は残して、残りを全部加工用に回そうか」

「それでは、加工のための道具を持ってきますね」

一度、【アトリエール】の店舗に道具を取りに行くキョウコさんを見送ると、それと入れ替わるように、俺の使役MOBたちがやってくる。

『キュキュッ！』

「やっと、種が採れたみたいね！　あたいたちにも食べさせてよ！」

リゥイやザクロ、それにイタズラ妖精のプランもやってきて小袋に入ったサンフラワーの種を覗《のぞ》き込み、それぞれが一袋ずつ持っていこうとする。

「待て待て、勝手に持っていくなよ。ちゃんと食用には残しておくから」

「えー、あたい、食べられると思って楽しみにしていたのに～」

ふて腐れるプランがプクッと頬を膨らませ、リゥイとザクロもジッと種の入った小袋を物欲しそうに見つめている。

「ねえ、ちょっとくらい、ダメ？」

『キユゥ～』

「はぁ、全く……ちょっとだけだぞ」

俺が溜息《ためいき》を吐《つ》きながらそう答えると、ザクロとプランが割れんばかりの喜びの声を上げ、リゥイは、締められた小袋を咥《くわ》えて早く開けるように差し出してくる。

「はいはい、とりあえず、生のまま味見するか」

俺は、リゥイの咥えていた小袋を受け取り、開いたらそれを三人で分け合う。

『キユゥ～』

リゥイとザクロは、殻付きのサンフラワーの種を口いっぱいに頬張って、ポリポリと食べ、その食感と味を楽しんでいるようだ。

「リゥイ、ザクロ……殻付きのままだと消化に悪いぞ」

俺は、リゥイとザクロに注意しながら、爪先でサンフラワーの種の殻を剝《む》いていく。

黒い殻は爪先で簡単に割ることができ、俺が殻を剝いたサンフラワーの種をイタズラ妖精のプランが齧《かぶ》り付くように食べている。

「う～ん、なんともクリーミーな種。美味《おい》しいねぇ～」

「俺も一つ味見してみるかな」

俺も殻を剝いたサンフラワーの種を生のまま味見する。

種の中身の可食部位も油分が多く、クルミやカシューナッツのようなクリーミーさの中にほろ苦さがあって美味しい。

ついつい次に手を伸ばしそうになるが、その前にリゥイとザクロ、プランたちによって一袋が食べ尽くされていた。

そして、道具を取りに行っていたキョウコさんも戻ってくる。

「ユンさん、道具をお持ちしました」

「ありがとう、キョウコさん！　それじゃあ、早速作ってみようか」

そして俺は、サンフラワーの種10キロの加工を始める。

まずは、油抽出のための焙煎《ばいせん》を行う。

量が多いために、フライパンに1キロほど入れて、それを木ヘラで焦げ付かないように炒《い》って焼き上げる。

そうすると炒られた種から香ばしい匂いが立ちこめてくるために、今度はキョウコさんと共に、ローストした種を味見する。

「うわっ、これは結構ヤバいなぁ……食べたら病み付きになりそう」

ローストしたサンフラワーの黒い殻には罅《ひび》が入ってより割りやすくなり、中の可食部位も炒ったことで水分が飛んで香ばしさが増して美味しくなった。

これに軽く塩でも振れば、本当にお酒のお摘まみになりそうだし、【OSO漁業組合】のシチフクたちがくれたチョコ菓子のようにチョコレートやキャラメル、蜂蜜なんかでコーティングすれば、それだけでお菓子になりそうである。

「う、うう……とりあえず、半分は、料理用に用意しておこう」

最初の500グラムは、味見として俺やキョウコさん、リゥイやザクロ、プランたちのお腹《なか》の中に入ってしまい、5キロは料理用としてインベントリに収納された。

そして残り半分のサンフラワーの種も焙煎された後、【二乃椿《にのつばき》の種】を圧搾《あっさく》した時に使った圧搾機によって油が抽出される。

とは言っても、ローストした【サンフラワーの種】を圧搾した直後は、殻や実の欠片《かけら》などの不純物を多く含む黒い油になる。

それを漉《こ》し布やペーパーフィルターで沪過《ろか》することで黄金の油──【サンフラワーの種油《たねあぶら》】が完成する。

「できたぁ……って言っても、5キロの種を使って抽出できたのが、瓶5本分かぁ……」

山のようにあった【サンフラワーの種】も加工すれば、僅かな量の油しか採れない。

しかも【サンフラワーの種油】は、【蘇生薬《そせい》】の制限解除素材だが、料理にも使える食材アイテムでもある。

「まぁ、【ムーンドロップの花露《はなつゆ》】も数滴しか使わないし、【サンフラワーの種油】もあんまり量を使わないのかな」

【蘇生薬】の制限解除素材となるアイテムは、入手や採取、加工が手間なのであって、どれもそれほど多くの量を求められていないように思う。

「キョウコさん、俺はこの【サンフラワーの種油】で調合するから、後の片付けを任せていいかな？」

「わかりました。頑張って下さいね」

キョウコさんに応援された俺は、頰を緩めて小さく頷《うなず》き、工房部に入り、【蘇生薬・改】を作る準備をしていく。

【蘇生薬・改】は、通常の【蘇生薬】で回復制限が掛かってしまったプレイヤーのための上位アイテムである。

回復制限が掛かると、蘇生薬の元々の回復量の20％まで低下する。

制限解除素材には——【妖精の鱗粉《りんぷん》】、【竜の血】及び【血の宝珠】、【ムーンドロップの花露】そして、今日抽出することができた【サンフラワーの種油】を使用することで、段階的に回復量の低下を緩和することができる。

俺が現状作れる【蘇生薬・改】は、三種類の制限解除素材を組み込み、回復量の低下を80％まで抑え込んだ物だった。

そして、今日手に入れた【サンフラワーの種油】も合わせれば、完璧な【蘇生薬・改】を作り出すことができる。

「さて、やるか。100％の【蘇生薬】を！」

改めて気合いを入れ直した俺は、【蘇生薬・改】の作製に着手する。

ただ、液体に油系素材の【サンフラワーの種油】をそのまま混ぜては、混ざり合わずに失敗してしまう。

「えっと、まずは【サンフラワーの種油】に削った【血の宝珠】の粉末を溶かして、そこに【妖精の鱗粉】も混ぜておこう」

粘性の強い【サンフラワーの種油】に【血の宝珠】を溶かすことで、金色の油に深紅が加わり、赤みの強いオレンジ色に変わる。

そして【妖精の鱗粉】を少量混ぜ込むことで、油の粘性や性質が変化したのか、水のようにサラッとした質感に変わり、【ムーンドロップの花露】を加えることでそれは完成となる。

「メガポーションとMPポットの混合液に制限解除素材の溶液を混ぜて、最後に【桃藤花《とうとうか》の花びら】を溶かし込めば……」

緊張しながら、薬品同士を混ぜ合わせ、【蘇生薬・改】を作り上げると、今までにない強い発光反応と共に、ポーションが完成する。

完全蘇生薬【消耗品】
【蘇生】HP+100%

「やった！　ついに、できたぞ！――完全な蘇生薬が！」

元々の蘇生薬は、最大HPの80％までしか回復する物を作ることができなかった。

更に回復量を高めようと試行錯誤しても80％の壁は越えられず、代わりに時間経過でHPが回復する再生効果などを付与して、性能を高めてきた。

1周年のアップデートで【蘇生薬】にも回復量制限が掛かり、それを解除するための制限解除素材を使った結果、今まで越えられなかった80％の壁を越えて、HPを100％回復する【完全蘇生薬】にすることができたのだ。

「よーし、このまま回復量制限の掛かったプレイヤーたちに【完全蘇生薬】を届けてやるぞ！」

【完全蘇生薬】を完成させた興奮のままに、俺は次々とポーションを作り上げる。

また【完全蘇生薬】の作製は経験値が多いためか、【調薬師】センスのレベルが39から43へと短い間に一気に上がり、更にテンションも上がる。

そして、絶対に売れるという根拠のない自信を持って、【アトリエール】の素材が尽きるまで【完全蘇生薬】を作り続けるのだった。

●

完成させた【完全蘇生薬】は、早速【アトリエール】で大々的に売り出された。

それから、早三日が経《た》ち――

「はぁ、蘇生薬、売れねぇ～」

【アトリエール】でポーションを買いに来たプレイヤーを待っていたのだが、【完全蘇生薬】は、さっぱり売れない。

もちろん、ただ待っていただけではなく、生産活動したり、アイテム整理したり、リゥイとザクロ、プランたちと遊んだり、手に入れた【サンフラワーの種油】を使ったドーナツなどのお菓子を作ったり、キョウコさんと畑の手入れをして過ごしていた。

だが、アイテムを買いに来たお客さんに【完全蘇生薬】を勧めても、その効果量に驚き、次にその値段を見て購入を諦め、代わりに【蘇生薬・改】とメガポーションを買っていくのだ。

「そうだよなぁ……回復するだけなら【完全蘇生薬】じゃなくて、【蘇生薬・改】を使った後にポーション使って完全回復した方が安上がりだよなぁ」

俺が何度目かの溜息を吐き出しながら店番をやっていると、【アトリエール】に新たなお客さんがやってきた。

「いらっしゃい！　――って、ライナ！　アル！」

「こんにちは、ユンさん。お久しぶりです」

「なんだか、こうして顔を合わせるの久しぶりよね！」

俺たちよりも後発プレイヤーであり、レティーアのギルド【新緑《しんりょく》の風《かぜ》】のメンバーであるライナとアルがやってきたのだ。

「なんか、しばらく見ない間に、二人の装備、結構しっかりしてるじゃないか！」

「ふふん！　そうでしょ！　これでもお金貯《た》めて、生産職の人に作ってもらった一品なんだからね！」

「もう僕らを初心者プレイヤーとは呼ばせませんよ」

そう言って、若干垢抜《あかぬ》けた感じの二人に、成長を感じる。

「あっ、そうだ。この前、新しい蘇生薬が完成したんだ。買わないか？」

「新しい蘇生薬ですか？　――って【完全蘇生薬】⁉　それに１本１００万Ｇ！」

「ちょ、馬鹿じゃないの！　高過ぎよ高過ぎ！　こんなのメガポが何本買えるのよ！」

折角来たライナとアルに【完全蘇生薬】を勧めてみるが、盛大に拒否されてしまった。

「ダメかぁ。知り合いの連中なら、面白がって買ってくれると思ったんだけどなぁ」

「そもそも、なんで蘇生薬がこんなに高いのよ」

値段設定に対して、ジト目を向けながら文句を言うライナであるが、１００万Ｇにも理由があるのだ。

通常の蘇生薬の適正価格は、約10万Ｇほど。

そして【蘇生薬・改】は、回復制限の解除度合いによって、約10万Ｇ刻みで値上げされている。

それを考えると、【完全蘇生薬】の値段は、約50万Ｇが妥当だろう。

だが、今までに無かった１００％回復の【完全蘇生薬】を手頃な値段で売ると、また転売ギルドが現れて値上げされる可能性があった。

そのために、あえて強気な値段設定をして、【完全蘇生薬】が市場に行き渡った段階で徐々に適正価格に近づける予定だ。

それでも【完全蘇生薬】は、多少売れるとは思ったのだが――

「【完全蘇生薬】1本より復活直後にポーション使って全回復する方が、一手間多いけど、安上がりなんだ。だから、全く売れない」

たったその一手間を省くだけで差分数十万Gは、払えないのだ。

まぁ、転売ギルド対策の値段設定だから売れないのは仕方が無いが、腐る物でもないし、少しずつ適正価格を探りながら売っていけばいいだろう。

「でも、ユンさんは顔が広いから、少しくらいなら知り合いに売れるんじゃないですか？」

アルが素朴な疑問として投げ掛けてくるので、俺は【完全蘇生薬】が売れないもう一つの理由を話す。

「実は、OSOにログインしてこないんだよ」

「えっと、どういうことですか？」

アルがおずおずと聞き返すので、俺はメニューを操作して、とあるWebサイトを表示する。

普段は、面白がって【完全蘇生薬】を購入しそうなミュウやタクなどトッププレイヤーたちは、別の話題に夢中になっているのだ。

「――新作ＶＲＭＭＯが発売されたらしいんだ……」

ＶＲギアを発売し、自社タイトルとして【ＯＳＯ】を提供しているエプソニー社であるが、そのＶＲギアに対応するゲームは、この一年ＯＳＯだけであった。

そこに他社のゲームメーカーからＶＲギア対応タイトルとして、新作ＶＲＭＭＯが２本同時に発売されたのだ。

発売されたタイトルは、【フェアリーズ・テイル】と【ステラ・ギア】の２本である。

「【フェアリーズ・テイル】がＯＳＯと同じファンタジー系のアクションＲＰＧで、【ステラ・ギア】が宇宙を駆けるパワードスーツ系のロボアクションゲームって感じらしい」

「へぇ、面白そうですね」

俺は、二つのゲームのＰＶを二人に見せる。

【フェアリーズ・テイル】のＰＶでは、幻想的な世界観とストーリー性のあるクエストを用意しているらしく、またキャラメイクの段階でＯＳＯにはないエルフやドワーフなどの様々なファンタジー種族になれるのが売りらしい。

【ステラ・ギア】のPVでは、複数のパーツで構成されているパワードスーツ――ステラ・ギアを操り、ミッションを攻略していくタイプのゲームのようだ。

フィールドには、陸、海、空、宇宙の無重力空間、月面など様々なフィールドで敵性ステラ・ギア部隊や敵艦隊、大型モンスターなどを撃破し、ミッション報酬でお金やパーツ素材を手に入れて、カスタムパーツを手に入れるようだ。

ミッションを熟《こな》して経験値を上げれば、プレイヤーのレベルも上がる他、好んだパーツを編成して戦闘を繰り返せば、パーツ自体も成長する。

他にもミッションモード、ストーリーモード、対戦モードなど様々な要素があるらしい。

ロボゲーとして様々な男心を擽《くすぐ》るようなカスタムパーツがあり、面白そうではある。

特に、ロマン装備のパイルバンカーをガシャンガシャン鳴らすのは、ちょっと興奮したが……

「……高速で戦闘して、酔いそうで、俺にはちょっと無理かも」

「あっ、僕もそれ思いました。カッコイイんですけど、操作は苦手そうです」

背面のスラスターによる加速や立体的な動きを見ていると、三人称視点で見る分にはいいが、これがVRで一人称操作となると、視界がぐるんぐるん回って酔いそうである。

「まぁ、こんな物が始まったから、フレンドのプレイヤーの中には、【フェアリーズ・テイル】と【ステラ・ギア】をやってる人が多いんだよ」

OSOのメニューのフレンドリストを見れば『ログイン』や『ログアウト』の文字が並ぶ中で、つい最近新たに他のゲームのプレイ中を表す文字を見る。

一応、別のVRゲームをプレイしていてもログイン中なら、ゲームを跨《また》いでフレンド通信が可能らしい。

新しくVRタイトルが増えれば、こんな風になるのか……などと感心しながらも、二つの新作VRタイトルをプレイ中のプレイヤーを見れば、結構な数が居る。

俺の知り合いでは、ミュウパーティーが【フェアリーズ・テイル】を、タクとガンツが【ステラ・ギア】で協力プレイに勤《いそ》しんでいるようだ。

その話を聞いてライナは、若干戦慄《わなな》いている。

「も、もしかして、トッププレイヤーたちが別ゲーに移住したら、【OSO】は衰退しちゃう!?」

新作VRゲームの話を聞いたライナが不安そうな顔をしているので、俺が冷静にそれを否定する。

「それは、ないんじゃないか? VRギアも順調に売れ続けてるらしいし、別ゲーに移住して減ったプレイヤーを補うだけの新規層が入って来ているだろ」

【アトリエール】やマギさんの所に委託販売している消費アイテムの売れ行きを見ると、初心者向けのアイテムが多く売れていることから、初心者プレイヤーたちが増加しているのは確かに分かる。

「なるほど……なら安心かしらね」

俺の答えに納得してライナが、落ち着いて呟《つぶや》く。

「レティーアたちはどうしている？　元気にしているか？」

あんまり、OSOのプレイヤー人口の増減に一喜一憂しても意味が無いために、話題を変えるつもりで、二人の所属するギルドのギルマスであるレティーアについて聞く。

すると、ライナがふて腐れたように口を尖《とが》らせつつ、アルもレティーアについて答えてくれる。

「レティーアさんは、エミリさんとベルさんと一緒に、樹海エリアの奥にしばらく専念しているみたい……」

「なんでもレティーアさん好みのMOBを見つけたそうで、その子を絶対に使役MOBにするまで帰らないって言っているそうです」

新しい使役MOBの名前は、サツキだそうです、とアルが続ける。

なんか、その場面を容易に想像できそうだなぁ、と思い苦笑を浮かべてしまう。

「そっかぁ。まぁ、俺もいい加減【アトリエール】でやること減ってきたし、ちょっと散歩にでも出るかな」

ライナとアルが店を出たら、キョウコさんに店番を任せて、リゥイたちを連れて散歩に出るつもりだ。

そして、俺の呟きにライナは、期待の籠ったような目を向けてくる。

「私たちも、ユンさんの散歩に同行していいかしら？」

「ちょっ、ライちゃん。ユンさんについて行っちゃ迷惑になっちゃうよ！」

ライナの提案に、アルが止めに入るが、それでもライナは諦めない。

「だって、ユンさんよ！　普通にやっているつもりでも私たちにとっては、ビックリ箱のようなことをやる人なのよ！」

「えっと……まぁ……そうだけど……」

「いや、そこは普通に否定して欲しいんだけど……」

ライナの言葉にアルが言い辛《づら》そうに否定しないのを見て、二人にジト目を向ける。

「全く……別についてくるのはいいけど、面白いものじゃないと思うぞ。ただ、1周年アップデート後の変化を調べるために近場のエリアを散策したり、露店とかでアイテムや素材が並んでないか確かめるだけだし」

1周年のアップデート後——既存エリアの【雷石《かみなりいし》の欠片《かけら》】や孤島エリア南側の【サンフラワー】のように、採掘や採取可能な新規アイテムが追加されていたのだ。

そうしたアップデート後の変化を散歩ついでに調べに行くだけなのだ。

「それなら、任せてよね！　私たちだって、1周年アプデの変化とか、知ってたりするんだから！　レティーアさんたちについていけなかったから暇だったのよね」

「もうライちゃん、強引だよ。ユンさん、よろしくお願いします」

ライナも1周年アプデの変化を知っていると胸を張り、そんな強引なライナにアルが小さく溜息《ためいき》を吐《つ》いている。

結局、ライナとアルも俺の散策に同行することになった。

だが、俺の知らない1周年アプデの変化を知っていると言うので、それは少し楽しみに思いながら出掛けるのだった。

一章　アプデ緩和と妖精郷再び

俺たちは早速、1周年アップデート後の変化を見るために、自信満々のライナについて第一の町を巡っていく。

「ここが1周年アプデで食べ物アイテムが充実したパン屋さんよ！」

「前までは普通のパンやサンドイッチが中心でしたけど、アップデート後には、菓子パンや惣菜《そうざい》パンとかが増えたんですよ」

「おおっ、確かに……前より増えてる」

NPC《ノン・プレイヤー・キャラクター》が経営するパン屋の商品ラインナップを見て、感心する。

ほとんど来ることがなく、来たとしてもサンドイッチなどの料理に使う食パンや揚げ物用のパン粉などを買うくらいだったが、持ち帰りの軽食要素が強化されていた。

「他の町のパン屋さんでも、それぞれで商品ラインナップが違うのよ。私の一押しは、第二の町にあるマーサのパン屋さんのミルクパン！　甘くて柔らかくて美味《おい》しかったわ」

「へぇ～、そうなのか」

試しに俺は、このパン屋のレーズン入りのバターロールを一つ購入し、千切ってリゥイたちと分け合って味見すれば普通に美味しい。

「そして、こっちのお店は、お菓子屋さんよ！　色んな種類の洋菓子が並んでいるのよ！」

「前までは無かったお店ですけど、洋菓子以外にも冒険中に食べやすいシリアルバーとかも売っているので、満腹度回復に便利です。あとお店のNPCは、食材収集クエストのNPCでもあるんですよ」

「へぇ、こっちも美味しそうだなぁ」

こちらのお店では、目に付いた洋梨のデニッシュがあったので、何個か購入する。

購入した洋梨のデニッシュを早速食べたそうにするリゥイたちだが、これは後日のおやつだと宥《なだ》めてインベントリに仕舞う。

「そして、あっちに見えるのは――」

「……って、ちょっと待て」

「なによ。あそこの宿屋の食堂のチキンライスは、ちょっとお高いけどバフ効果があって絶品なのよ」

パン屋、洋菓子店の次に、宿屋の食堂に歩き出そうとするライナに俺がストップを掛けると、ライナは少し不満そうに唇を尖らせている。

「ライナたちの知ってる1周年アプデの変化って、どれも食べ物関係？」

俺が思わずそう聞くと、アルが申し訳なさそうに頷《うなず》く。

「その、レティーアさんと付き合う関係で、色々と食べ物関係に詳しくなるんです」

「任せてよ！　レティーアさんオススメのプレイヤーの屋台やNPCのお店とか知っているんだから！」

二人の知っている1周年のアプデ後の変化内容にレティーアの影響があると分かり、納得と共に苦笑いを浮かべる。

「でも、宿屋って気にしてなかったなぁ。前からあったっけ？」

「いえ、あれも1周年で追加された施設です。宿屋の一室でログアウトすると次のログイン時に、一定時間HPが増えるバフが貰《もら》えるらしいですよ」

「おっ、意外と便利だなぁ」

火山エリアにあった温泉と同じように特定の施設を利用すると、一時的にバフが貰えるようだ。

その後もライナとアルたちと共に、第一の町を中心にアプデの変更点探し……と言うよりも食べ歩きを楽しむ。

その途中、レティーア行き付けの屋台に立ち寄り、そこの露店プレイヤーに1周年アプデ後の変化探しで町歩きしていることを話すと、彼らが知っている情報を教えてもらえた。

「おっ、ユンちゃんたち、アプデ後の変化探しの町歩きしてたのか？　それじゃあ、この近くに追加されたクエストNPCを教えてやるよ」

「えっ⁉　ホント！」

屋台のクレープを頰張るライナが嬉《うれ》しそうに声を上げると、露店プレイヤーは楽しそうに笑っている。

「ああ、いつもレティーアさんが食べに来てくれているからな」

「「ありがとうございます！」」

俺とアルがお礼を言いつつ、購入したクレープを食べ終えた後、教えてもらったクエストNPCに会いに行く。

「やぁ、君たち。見たところ、町の外に頻繁に出ているみたいだね。実は、お願いがあるんだ」

「おっ、この人が追加されたクエストNPCっぽい。どんなクエスト内容なんだろう？」

第一の町のクエストNPCだから初心者向けの内容だろうか、それとも一定以上のレベルなどの条件がないと受けられない難易度の高めなクエストだろうか。

そう思いながら、メニューに表示されるクエスト概要を確かめる。


――護衛クエスト：地質学者を護衛せよ。

ＮＰＣ：地質学者・テリーは、鉱山に鉱物資源の調査に向かいたい。

彼を安全に第三の町まで護衛せよ。
※クエスト受注中には、ＮＰＣテリーがプレイヤーに同行し、その間はポータルなどの転移オブジェクトは使用できません。

「なるほど、少し発展系の初心者向けのクエストかぁ」

今の俺たちには難しくはないだろうが、ＮＰＣを守りながら西に進み、第三の町に入るのを妨げるエリアボスのゴーレムを倒す初心者向けの発展クエストみたいな感じだろう。

「それで、ユンさんはこのクエスト受けるつもりですか？」

「いや、受けるつもりはないぞ。だって、まだ町歩き中だし……」

別に今すぐに受ける必要があるわけでもなく、報酬に旨味《うまみ》も無さそうなので、ここはスルーするつもりだ。

「えー、面白そうなのに……」

「まぁまぁ、ライちゃん。また今度二人で受けよう」

ライナだけはちょっと興味があったのか、クエストNPCを名残惜しそうに見ているのをアルに宥められながら、その場を後にする。

その後も町中を歩き続け、装備を売っているNPCのお店にも立ち寄る。

「そう言えば、NPCの武器屋もほとんど使うことなかったなぁ」

「そりゃ、ユンさんは生産職だから、必要なものとか全部自分たちで揃《そろ》えちゃうでしょ」

OSOを始めた当初に弓矢を買いに来たが、その後もお金の節約のために【合成】センスで自作していたので、NPCの武器屋を利用した記憶がない。

今では、露店でも売れないようなアイテムを売るためだったり、銃弾を合成するための【空の薬莢《やっきょう》】を購入するくらいだ。

だが、そうしたアイテムの売買もNPCのキョウコさんに任せているので、実際に来るのは久しぶりだ。

「商品が増えてるのは分かるけど……店員も?」

「その変化は、1周年アプデより前からある変化ですね。第一の町は大体のプレイヤーの拠点になるんで、かなり幅広いレベル帯の装備が売られるようになったのと、商品の数が増えたので、武器とアクセサリーで店員NPCを分けているんです」

「へぇ～、そうだったのか」

幅広いレベル帯の装備が売られているが、あくまで各適正レベルの最低限の装備であり、もっと強いＮＰＣ産装備を求めるなら、他の町の武器屋やＮＰＣの所に行く必要があるそうだ。

そんな感じで武器屋の店員ＮＰＣの前に立ち、前より種類の増えた商品ラインナップが表示されるメニューを眺めていく。

その中で、気になる武器を見つけた。

「イザの武器シリーズ？」

統一された名称の武器を選び、そのステータスを確認する。

イザの剣【武器】

追加効果：【固定ダメージ13】

イザの武器は、「いざゆかん」と勢い勇む掛け声と共にあり。

初陣《ういじん》を華々しく飾ることはなくとも、当たれば失敗は無し。

他のシリーズの武器と同じフレーバーテキストを読むに、当たれば絶対に13ダメージを与えてくれる武器のようだ。

「13の語呂合わせで、いざ、かぁ……」

「多分、始めた頃だったらステータス関係なくダメージを与えられる武器って、気持ちが良いかもしれませんね」

アルもイザの武器シリーズを確認してそう呟《つぶや》く。

OSOを始めた初心者が、固定ダメージ武器によって序盤に出現するMOBを簡単に倒して戦闘の自信を付けるのには良いだろう。

その後、固定ダメージ武器のまま更に強い敵MOBへと挑み、戦闘の苦しさを覚える。

そこで固定ダメージ武器から通常の武器に切り替えることで、固定ダメージよりも高いダメージを叩《たた》き出せるようになって、さっきまでの苦戦はなんだったのか、と気付く。

そうした初心者プレイヤーの流れが容易に想像できてしまう。

その一方で、ライナの方は先にアクセサリーを販売するNPCの商品を見て、声を上げる。

「あっ、こっちにも前までに無かったアクセサリーが結構ある」

「ホントか？　どれどれ？」

今度は、俺とアルがライナの見つけた商品ラインナップを確認する。

「ほら、この【チャンスの腕輪】ってアクセサリー。追加効果が【ワン・モア】だって」

チャンスの腕輪【装飾品】（重量：3）
LUK+1　追加効果【ワン・モア】

「【ワン・モア】の追加効果は、低ランクの消費アイテムを使用時に確率でアイテムが消費されないみたいですよ」

「ワン・モア・チャンス……当たりが出たらもう1個、って感じのアクセサリーだな」

珍しいLUKステータスを上げるアクセサリーであるが、確率で消費アイテムの消費を抑える効果は、面白い。

ランクの高い消費アイテムには効果がないので、初心者向けの面白枠だろうなと思ってしまう。

他にも【器用貧乏の腕輪】と言う物を見つけて、苦笑いしてしまう。

「ユンさん、どうしたんですか？　何かおかしい物でもありました？」

「うん？　いや、おかしいって言うか、俺が始めた時より便利な物があるなぁと思って」

器用貧乏の腕輪【装飾品】（重量：6）
DEX＋3　追加効果【器用貧乏】

俺の見つけた【器用貧乏の腕輪】とその追加効果は、あらゆる武器・防具が装備可能になり、攻撃判定が発生する、というアクセサリーだ。

「えっ⁉　それって強くない⁉」

「いや、そんないいもんじゃないよ。ただ、攻撃判定が発生するだけで、センスの補正がないし、習得していないアーツやスキルは使えないんだ」

一番分かりやすいのは、鍛冶師のマギさんが持つ【鍛冶】系センスだろうか。

自分の作り出せる武器を戦闘で使えるが、あくまで使えるだけで補正などはないのだ。

それに【器用貧乏の腕輪】は便利そうに見えるが、装備重量が6もあるために、アクセサリーの装備枠を圧迫して実用的ではなくなる。

きっと、この重量の重さは追加効果のデメリットであるため【張替小槌《はりかえこづち》】で別のアクセサリーに移し替えても改善はしないだろう。

「なーんだ。ちょっと残念」

「でも、ユンさんは、ちょっと嬉しそうでしたよね」

ライナはすぐに興味を失うが、アルの方は俺の反応が気になったようだ。

「いや……俺がOSOを始めたばかりの時、センス選びをちょっと間違えた感があったから、もし最初からこの腕輪があったら、もっと違うプレイスタイルになってたかもなぁ、と思って」

もちろん、今のプレイスタイルを後悔しているわけじゃない。

だが、OSOを始めた当初は少ないSP《センス・ポイント》でセンスを取得したために、扱いづらい不遇センスを控えにして別のセンスを取り直す余裕もなかった。

もしも最初から【器用貧乏の腕輪】があれば、自分が使いやすい武器を探し、全く違うプレイスタイルになってたかもしれない。

「ふぅ〜ん。それじゃあ、もしユンさんだったら、包丁を短剣や刀代わりにしているから、侍や暗殺者っぽくなってたかもしれない、ってこと？」

「ユンさんは土魔法を使うから、僕みたいな純粋な後衛の魔法使いになってたかもしれないよ」

「やろうと思えば、似たようなことはどれでもできるんだよな」

もしもの俺のプレイスタイルを想像するライナとアルに、今とあまり変わらないことに小さく笑ってしまう。

「じゃあ、ユンさんは、もし別のプレイスタイルができたなら何になっていると思うの？」

二人の想像を笑った俺に対して、ライナが単純な好奇心として聞き返してくる。

「うーん、そうだなぁ……」

聞き返された俺も真剣に、もしあの時とは違うセンスを選べたら……と考えて、一人で吹き出してしまう。

「あんまり思い付かないな。でも、もしかしたら、今と同じプレイスタイルかもしれない」

あんまり近接戦闘は得意じゃないから遠距離攻撃手段を選んだだろうし、クエストや戦闘で忙《せわ》しなく動くよりものんびりと好きなことをやって過ごしている方が好きである。

色々とアイテムを集めるのも好きだし、それを自分で加工や合成して別のアイテムに作り替えるのも好きだから、結局は、弓使いで生産職は変わらないのかもしれない。

そんな俺の答えに、ライナとアルも一瞬ぽかんとして同じように小さく笑い出し、NPCの武器屋で見る物も無くなったために、また町を当てもなく歩き出すのだった。

俺たちがＮＰＣの武器屋を見ている間、幼獣化しているリゥイの背中にはザクロとイタズラ妖精のプランが乗り、静かに待っていた。

だが、店の冷やかしを終えて振り返ると、不満そうに頬を膨らませたプランが俺たちを可愛《かわい》らしく睨《にら》んでいた。

「むぅ……」

「プラン、どうした？　不機嫌そうな顔して」

「飽きたー！　町歩き、飽きたー！　あたい、外に行きたい！」

突然声を上げるプランは、リゥイの背の上で足をバタバタ動かし、リゥイの背中をポスポスと叩いて訴えてくる。

そんなプランの言動を背中でやられるリゥイが迷惑そうに振り返るが、ブルルッと溜息《ためいき》を吐《つ》くように鳴き、俺に何とかしろと言いたげな視線を向けてくる。

「ええっ……町の外にって言うけど、どこで何するんだ？」

「うーんと……行き当たりばったり？」

そう言って小首を傾《かし》げるプランと共にザクロも首を傾げ、俺はライナとアルに意見を求めると二人は苦笑いを浮かべている。

「まぁ、いいんじゃない？　町の外にも1周年アプデの変化があるかもしれないし」

「僕もいいですよ。妖精に任せれば、どんなところに案内されるか楽しみです」

同行者のライナとアルからも許可が取れたために、俺はプランに告げる。

「それじゃあ、町の外に行くか」

「やったー！　あたいについてこーい！」

そう言って、リゥイの背から飛び立ち、俺たちを従えるように先頭を進んでいく。

そんなプランの後を追うように歩いていると、アルに尋ねられる。

「そう言えば、ユンさんは、いつの間に妖精に名前なんて付けたんですか？」

「うん？　あー、1周年アプデ後からしばらくして、名前を付けて欲しいって言われて名前を付けたら、そのまま使役MOBになったんだよ」

「えっ!?　使役MOBになってたの!?　ただのお助けNPCだったのに！」

前までは、【アトリエール】にやってきて【妖精郷《ようせいきょう》の花王蜜《ハニークラウン》】を運んだり、【妖精の鱗《りん》粉《ぷん》】なんかを勝手に落とす賑《にぎ》わせ役だったが、俺の使役MOBになってくれた。

多分、1周年アプデの際に妖精クエストが恒常化した影響で、使役MOBになったのでは、と予想を伝える。

「そう言えば、ライナたちは妖精クエストもう攻略したのか？」

1周年のアプデ直後に、【スターゲート】から夏のキャンプイベントの舞台となった浮遊島にライナとアルを誘った時、妖精クエストは攻略していないと言っていたが、今はどうなのか確認する。

「もう攻略しましたよ。中小ギルドの知り合いとパーティーを組んで挑みました」

「私もレティーアさんやユンさんの妖精みたいな可愛いパートナーが欲しかったけど、仲間にならずに残念だったなぁ。まぁ、昔できなかったクエストを達成できたのはよかったけどね」

そうして話している間にプランの先導で、第一の町の西側から外に出て、森の中に入っていく。

「なぁ、プラン。どこに連れて行く気だ？」

「あはははは！　ないしょ～！」

楽しそうに笑いながら西の森の奥へと進んでいくプランについていく。

途中、見つけた敵ＭＯＢを倒したり、アイテムを採取したりするが、この辺りのエリアには特に1周年アプデの変化は感じられなかった。

そうして森の中を歩いて行くと、何か空気の壁のような物を通り抜けた違和感を感じた直後、とある場所に辿《たど》り着いていた。

「みんなー、着いたよー！」

「えっ？　ここってまさか――フェアリーサークル！」

円形に草が潰れた空間に辿り着き、その中に俺たちが入り込むと、イタズラ妖精のプランが不敵な笑みを浮かべて振り返る。

「それじゃあ、いくよー！　――【転送】！」

「ちょ、待っ――!?」

『――きゃっ（うわっ）!?』

俺がプランを止めようと声を上げるが、フェアリーサークルの周りが光り輝き、その光にライナとアルも声を上げている。

転移時の軽い浮遊感と強い光の眩《まぶ》しさに腕を前に掲げて目を瞑《つぶ》る。

しばらくすると光が落ち着き、恐る恐る目を開けば、そこには沢山の花々が咲き乱れ、光り輝く木々の間を飛び交う沢山の妖精たちの姿があった。

「ここは、妖精郷？　もう来ることはないと思ってたのに……」

「ふふ～ん！　妖精女王様とあたいたち妖精の密《ひそ》かな頑張りによって、妖精郷は復興を果

たしたのよ！　美しいでしょ！」

そう言って自慢げな表情で妖精郷を紹介するプランに、俺は感嘆の声を上げながら見回す。

「凄《すご》いなぁ……本来の妖精郷ってこうだったんだ……」

妖精クエストの時は、ボスMOBのカニバル・プラントによって荒らされた光景しか知らなかったために、思わず呆《ほう》けてしまう。

光り輝く木々の他にも、妖精たちが飛び乗ると跳ねる不思議なキノコや美味《おい》しそうな木の実なども実っており、花の蜜や蜂蜜などを運んでいる姿が見れる。

「凄いわね！　こんな場所があるの知らなかったわ！　レティーアさんたちにも教えてあげないと！」

「でも、なんで入れたんでしょうか？　条件は何なんですかね？」

妖精郷に感動したライナがくるくると回りながら辺りを見回す中、アルは復興した妖精郷のエリアに入る条件を考え、イタズラ妖精のプランが胸を張って答える。

「それは、あたいたち妖精の導きがあって来ることができる場所だからね！　さぁ、楽しんでよ！」

「つまり、妖精NPCと一定以上の友好度みたいなのがあれば、招待してもらえるっぽい？　レティーアさんはパートナーとしているけど、それだと条件がちょっと厳しいかな？」

「他にも、妖精クエストを一度でもクリアしてるのが条件じゃないか？」

アルが条件について予想するので、俺もそれに補足する。

俺やレティーアみたいに妖精たちを使役MOBにしなくても、マギさんやリーリー、クロード、エミリさんは妖精たちと友好関係にある。

それに最近では、野良《のら》の妖精NPCと出会う機会も増えている。

そうやって妖精たちから好感度を稼ぎ、妖精クエストをクリアしたプレイヤーが妖精郷に招待されるのだろう。

そうした予想を立てながら、妖精郷を進んでいくと、切り株に座る妖精女王が沢山の妖精たちに囲まれていた。

「まぁ、ようこそ。妖精郷を救ってくれた人間たち。また来てくれたのですね」

透明感のある声の妖精女王が嬉《うれ》しそうな声を響かせる。

「お邪魔してます」

俺が軽く頭を下げると、ライナとアルもちょっと緊張したような面持ちで頭を下げているので、妖精女王がクスクスと笑う。

「妖精郷が復興したと言っても、人の子が好む物があるか分かりませんが、好きに見ていって下さいね」

そう言って再び妖精たちとの戯《たわむ》れに戻ろうとした妖精女王だが、ふと俺たちに視線を戻す。

「そうだわ。図々《ずうずう》しいお願いですけど、聞いて下さらないかしら？」

「えっと……とりあえず、はい」

突然のお願いに動揺しながらも俺が頷《うなず》き、一緒に並んでいたライナとアルも何が始まるんだ、と緊張しながらも妖精女王の話を待つ。

「妖精郷の復興は進んでいるのですが、実はまだこの土地の幾つかの場所には魔物の呪いが残されているのです。それを祓《はら》うのを手伝って頂けませんか？」

その瞬間、メニューにクエストの概要が表示される。

——**【クエスト：祓え、妖精郷の呪い】**
妖精郷を壊滅に追い込んだカニバル・プラントの呪いがこの土地に残されている。
４箇所の土地の呪いを浄化し、復興した妖精郷の平和を守るのが目的。

突然のクエストに俺は、ライナとアルにどうするか、視線を向ける。

ライナとアルは、じっくりとクエスト内容を吟味するために無言になる中、プランが上目遣いで俺を見てくる。

「妖精女王様が困ってるし、あたいたちの故郷、助けてくれる？」

そんなあざとく上目遣いでお願いされたら、断れないだろ、と思い苦笑いを浮かべてしまう。

そして、ライナとアルも決心したようだ。

「町中で見つけたクエストよりも興味がそそられるし、私は、やってみたい」

「僕も、受けてみたいです」

「なら、受けるとするか」

これも妖精クエストの恒常化によって追加された新クエストだろうな、と思いながら、クエストを受注する。

――【クエスト：祓え、妖精郷の呪い０／４】
妖精郷に蔓延《はびこ》る４箇所の呪われた土地を浄化せよ。

「人間たちよ、妖精郷の呪われた土地をよろしくお願いします」

「さぁ、みんな！　こっちが一番近いよ！」

そう言って深々と頭を下げる妖精女王と可愛《かわい》らしい妖精たちに見送られて、イタズラ妖精のプランの案内で妖精郷の呪われた土地を目指していく。

その途中、妖精郷の木々を飛び回る他の妖精たちも目にするが、呪われた土地に近づくほど妖精たちの気配が消え、森の輝きも徐々に薄暗くなっていくのを感じる。

「ここが1箇所目の呪われた大樹よ！」

「うわっ……なんか、めっちゃ黒いなぁ」

俺たちが見上げるのは、黒い墨のような物に穢《けが》れた大木のオブジェクトだった。

その表面が蠢《うごめ》いているように見え、なんとなく生理的嫌悪《けんお》感を覚える。

呪われた大樹の呪い——1000／1000

「なんか、呪いにHP見たいなステータスがあるんだけど……」

「気をつけて！　あの呪いから魔物が生まれるから！」

プランが警告を発した直後、大樹の木の幹から黒い靄《もや》が固まり、何匹もの大きな蝶《ちょう》の形

——【妖魔の蝶】という敵MOBが生まれる。

「ライナ、アル！　戦闘が始まるぞ！」

「分かっているわよ！」

「こっちも大丈夫です！」

呪いの浄化とは、この黒い敵MOBを倒せばいいのか、と俺たちが武器を構えた直後、木の幹から飛び立つ大きな黒蝶たちが襲ってくる。

だが——

「やっちゃえ、リゥイ！」

『きゅきゅっ！』

リゥイの頭の上に乗って指示を出すプランとそれを応援するように鳴くザクロに、リゥイが鼻を鳴らしつつも成獣化し、浄化を使う。

『KYAAAAAAAAAAAA——』

「「——へっ？」」

パァーっと辺りに光が差し込む中、飛んできた黒蝶たちが悶《もだ》えるように地面に落ちて光の粒子となって消えていく。

「……えっと、リゥイが今やったみたいね」

「あっ、でも見て下さい！　呪いの数値が減ってます」

　戦闘が始まるかと思いきや、突然の敵の消滅に唖然《あぜん》とする俺よりも先にライナとアルが正気に戻る。

「えっと……つまり、リゥイの浄化がこのクエストには特効ってわけか」

　どうだ、と言わんばかりにリゥイが鼻を鳴らし、再び呪われた大樹に浄化を当てていく。

　すると、呪いの数値が目に見えて減り、俺たちが一度情報を整理する。

「えっと、多分呪いの本体になるオブジェクトには、リゥイの浄化や【解呪】のスキルやアイテムが有効と……」

「それとそうした有効な手段がなくても、呪われたオブジェクトが数値を減らして敵MOBを生み出すので、敵を倒してればいずれは消えると思います」

「リゥイ、凄いじゃない！　これでクエストもすぐに終わるわね！　あっ、また新しい奴《やつ》が出てきた！　はぁあっ！」

　俺とアルが情報を確かめ合う一方、ライナが諸手《もろて》を挙げて喜び、そして新たに現れた黒蝶を槍《やり》で突き刺して倒している。

「まぁ、やることは決まったかな。俺は、解呪薬《かいじゅやく》を大樹に振りかける」

「僕は、装備センスに【回復】を付けて《ディスペル》を使いますね」

「私は、リゥイたちを守るために、出てきた黒いやつを倒せばいいのね！」

早速三人で、呪われたオブジェクトの浄化作業に入る。

リゥイの浄化の発動に必要なMPは俺が肩代わりするので、MPポットを飲みながら解呪薬を木の幹に撒《ま》いていき、アルも《ディスペル》を使う。

ライナはリゥイたちを守りながら出てきた敵MOBを片っ端から倒し、リゥイの浄化が木全体に降り注ぐ。

そうして解呪作業に入ると黒く染まっていた大樹が徐々に白くなっていき、呪いの浄化を終える頃には、大樹が光り輝き、暗く淀《よど》んでいた周囲も明るく感じた。

「ふぅ、なんか気持ちよかった」

「敵MOBの討伐や呪いの浄化をするって言うよりも汚れ落としをしている気分でした」

実際、大樹に解呪薬や《ディスペル》を当てると、シュワシュワと白い泡みたいな物に覆われ、黒い物が消えるのだ。

だが、黒い物がない箇所に浄化作業をしても効果が薄かったので、どんどんと黒い場所を探しながら浄化していく。

それをアルが、汚れ落としと表現したのには、的確すぎて笑ってしまう。

「さぁ、次の場所の汚れ落としに行くわよ！」

「ドンドンとあたいたちの妖精郷を綺麗《きれい》にするぞー！」

「「「おー（きゅう〜）！」」」

そして、浄化の満足感に浸る俺とアルの一方、ライナはプランとザクロと共に掛け声を上げて、次の浄化先へと向かい、リゥイもスタスタとついていく。

その後、３箇所の呪われたオブジェクトを回り、途中黒いＭＯＢを倒しつつ浄化や解呪薬、回復魔法などを使いながら黒い物を落としていく。

気分は、普段の手入れで取り切れない汚れを落とす年末の大掃除であった。

●

「ふぅ、全ての呪われた場所の汚れを落としてやったぞ！」

優しい木漏れ日が差す大樹、美しい花々を咲かせる森の中の花畑、美しい水草が揺れる透明度の高い池、森の中でただ静かに鎮座する苔生《こけむ》した大岩——そのどれもが黒い物に覆われ、色褪《いろあ》せて見えていたオブジェクトが、浄化によって本来の美しい姿を取り戻す。

そして、心地の良い満足感と共に妖精女王のところに戻れば、出迎えてくれる。

「ありがとうございました。これで魔物の呪いも消えました。こちらは、少ないですが心ばかりのお礼となります」

そう言って、妖精女王は、俺たちにフッと息を吹きかけると、それぞれ手の甲に金色の紋様が輝く。

「うぇっ⁉ なんだこれ！」

「ユンさん、紋様が浮かんでますよ！」

「カッコイイわね！ なに、これ！」

自分たちの手の甲に浮かび上がった紋様を眺める俺たちを見て妖精女王は、クスクスと上品な笑みを零《こぼ》す。

「えっと……どうなってるんだ？ って、あ！ これアクセサリーか！」

俺は、装備メニューのアクセサリーから妖精女王から授かった紋様を確認して、それを外す。

「ユンさん、これもアクセサリーなんですか？」

「ああ、タトゥーシールっぽいタイプの珍しいやつなんだ」

アルも同じようにそれを外す中、ライナは、ジッと手の甲の紋様を色んな角度で見ている。

妖精の紋様【装飾品】（重量：1）
追加効果：魔法防御上昇（小）、強化環境（森林）
妖精女王が認めた者に授ける証《あかし》。妖精のいる森林でこの紋様は守護の力を発揮する。

妖精の紋様のフレーバーテキストに書かれている通り、追加効果【強化環境（森林）】には、戦闘するエリアに森林要素が含まれているとステータスが上昇する追加効果であるようだ。

だが、個人的には用途が限定的で使わないかなぁ、と思ってしまう。

「どうしようかなぁ。これしばらく付けておこうかな？」

「ライナは、気に入ったのか？」

俺がそう聞くとライナは、困ったように視線を彷徨《さまよ》わせる。

「あー、まぁ、気に入ったと言うか、しばらくの繋《つな》ぎや装備の重量調整的な……」

「僕たちは、武器と防具の一新と強化はできましたけど、アクセサリーの方までは手が回らなくて……」

二人ともOSOをそこそこ長く冒険しているためにお金がないわけじゃない。

だが、自分のプレイスタイルに合わせたアクセサリーに必要な素材などを集めるのに、そこまで手が回っていないようだ。

そんな話をする俺たちに対して妖精女王が話を続けたそうにしているので、とりあえずこの話は一旦止《や》めることにした。

「呪われた土地が解放されたことで森の外に散っていた妖精たちが更に戻ってきました。あの子たちは、妖精郷にある物をあなたたちにも売ってくれるはずですよ」

「あっ、妖精郷のショップが解禁されるクエストでもあったのか」

妖精女王の話を聞き、俺たちは一度、妖精のお店に立ち寄る。

妖精のお店には、妖精郷関連のアイテムとして【妖精郷の花王蜜《ハニークラウン》】を売っていたり、妖精の羽から零れる【妖精の鱗粉《りんぷん》】、またそれを使った【年齢偽証薬】などの変化系のネタポーションなども売られていた。

「ユンさん、どうしました？」

「いや、なんでもない」

プランのせいで【年齢偽証薬】を頭から被《かぶ》り、幼女化した時のことを思い出し、渋い顔になる。

そんな俺の反応にプランが忍び笑いをするので、ジト目を向け、小さく溜息《ためいき》を吐《つ》く。

「……はぁ、まぁ【妖精の鱗粉】の入手手段が増えたと思えばいいか」

妖精郷のお店で買うと一つ10万Gと高値であるが、【完全蘇生《そせい》薬】の作製に使うので、入手手段が増えるのは地味に嬉《うれ》しい。

こうして妖精郷でのやることも一通り終わり、その場を後にしようとするが——

「あたい、妖精女王様ともう少し一緒に居たいから、ここで抜けるね！」

急にリゥイの頭の上に乗っていたプランが飛び立ち、そう言ってくる。

「プランはもう少しここに居たいんだな。それなら、他の妖精たちと食べるお菓子を持っていくか？」

「うん、ありがとう！　お土産話、沢山聞かせてあげるね！」

そう言って、俺が差し出したクッキーの入った小さな包みを抱えたプランは、妖精女王の居た広場に戻っていく。

それに合わせて、プランの召喚状態が解除されて、インベントリに召喚石が戻っている。

「ユンさん、よかったの？　勝手に離れちゃったけど……」

「まぁ、偶《たま》にあることだし、召喚石があるから呼べば来るから」

ライナに聞かれた俺は、困ったように笑いながら答える。

前も砂漠エリアに足を踏み入れた時は、暑いと言って勝手に召喚石に戻ったりしていた。

「リゥイとザクロはどうする？　俺たちに付き合うか？　それともプランと一緒にここで

遊ぶか？」

俺がリゥイとザクロにも聞くと、少し迷うような素振りを見せて、プランの後を追うように妖精女王の居る場所に走って行く。

それに合わせてリゥイとザクロも《送還》された状態になる。

俺たちと一緒にダラダラと町中を歩くのが退屈だったのかな、と少し反省しながら妖精郷を後にする。

その後、第一の町に戻ってきた俺たちは、今度はＮＰＣの店舗ではなくプレイヤーたちが開く露店で1周年アプデの変化を探し続ける。

人通りの多い場所は、見慣れたアイテムが多く並び、特に目を惹《ひ》く物はなかった。

「やっぱり露店には良い物がないわねぇ……そうだ！　裏路地の方を探しましょう！　きっと掘り出し物があるはずよ！」

「まぁ、あんまり期待はしないけど、そっちも回ってみるか」

ライナの提案で俺たちは、裏路地に入って行く。

そこで、ふと以前リーリーと一緒に露店巡りをした時に出会った闇商人ロールをしていたプレイヤーを思い出す。

自分たちが集めた希少なレアアイテムを裏路地でこっそりと売る闇商人プレイヤーは、

怪しい言動ながら、いいアイテムを売っていたことを思い出す。

一応、彼とフレンド登録しており、時折【スターゲート】のエリアのどこかで秘密裏に露店を開催するメッセージがフレンド全員に一斉送信されてくる。

そのために、裏路地には居ないだろうなぁ、と思いながら進んでいくと――居た。

「おっ、久しぶりだねぇ、ユンちゃん。いいブツ揃《そろ》ってるけど、見ていくかい？」

ニヤッと笑うドレッドヘアーにグラサンをした陽気そうな男性プレイヤーが、片膝を立てて座った体勢で軽く手を上げてくる。

「なんで、またこんなところに居るんだよ……【スターゲート】の方で売ってるんじゃないのか？」

俺も知り合いの闇商人プレイヤーに話し掛けると、初対面のライナとアルが小首を傾《かし》げて俺たちを交互に見てくる。

「そっちはそっちで開いているけど、やっぱり新規顧客を摑《つか》まないとな。ククッ……だから、ここには組織の横流し品を置いて客を待っているのさ」

陽気に話していたのに途中から怪しい闇商人ロールを始めるものだから、驚いたライナが反射的に身構えるが、まぁ納得の理由である。

「ユ、ユンさん！　この人、何なんですか？」

「あー……闇商人ロールのプレイヤーだ。言動とかやり取りに怪しさはあるけど、実に真っ当なプレイヤーだから、安心して買って良いぞ」

「最近は、ここいらも規制が厳しくなって禁制品なんかのやり取りが難しくなってきた。ここに並んでるのは、基本は盗品や盗掘品なんかの余りモノさ。本当にいいブツが欲しい時は、マーケットを紹介してやるよ」

こんな感じで闇商人ロールするのに合わせて、会話するとちょっと楽しいのだ。

そんな闇商人をジト目で見るライナとこういうプレイヤーとも交流があるのかと尊敬の眼差《まなざ》しを向けてくるアル。

「ついでだし、ここの商品を見せてもらっていいか？　ライナとアルもさっき言ってたアクセサリー作りに欲しい素材とかあるかもしれないぞ」

「買う時はニコニコ現金払い。もしくは相応のブツとの交換でも可能だ」

そうニヤリと笑う闇商人プレイヤーに俺は苦笑いを浮かべながら、並べられた商品を吟味していく。

そして、闇商人の露店に並べられた、とある武器が目に留まる。

鉄のロングソード【武器】

ATK＋15、DEF＋3　追加効果【限定下級剣技】

「なんだい？　そいつが気になるのか？」

「ん？　ああ、あんまり見ないタイプの追加効果の武器だなって」

その武器のステータスを確かめていた俺が、闇商人に尋ねられ、その声に惹かれてライナとアルも覗《のぞ》き込んでくる。

「そいつは、アクティブスキル系の追加効果だな。前までは一部のレア装備にしかなかったけど、1周年のアプデ後……いや、とある遺跡から纏《まと》めて盗掘されてこうして裏の人間が扱うようになったのさ」

真面目に説明していたが、途中で闇商人ロールを挟む彼を俺たちは生暖かい目で見る。

「とりあえず、説明してもらえるか？」

「アクティブスキル系の追加効果は、対応するセンスのスキルやアーツを発動させることができるんだ。例えば、この【限定下級剣技】だと【剣】系センスの下級アーツが使えるようになる」

アプデ前で有名なアクティブスキル系の追加効果には、【桃藤花《とうとうか》の樹《き》の蔦《つた》】というアクセサリーがある。

ガルム・ファントム討伐のレイドクエストで入手でき、それには【限定蘇生】の追加効果があり、《リミット・リヴァイヴ》と言う蘇生スキルが使えた。

ただ、この手の装備のアクティブスキルは、本来のスキルと比べて威力が０・７倍、消費ＭＰが１・２倍、再使用までの待機時間《ディレイ・タイム》も長めだったり、一日の使用回数に制限が付くなど劣化版となっているらしい。

「一般的な使い方としては、ＮＰＣの店で売っている【器用貧乏の腕輪】と組み合わせて、対応センスを擬似的に体験することができる。他には、魔法系の追加効果をアクセサリーに付け替えて、牽制《けんせい》用のサブウェポンみたいな扱われ方があるかな」

「「「へぇ～」」」

「ここにはないけど、強化や防御や回避、回復それと投擲《とうてき》とかのアクティブスキルが使えるタイプの奴《やつ》は、一番価値が高いな」

【限定】系の追加効果には、行動やステータスに対する補正がなく本来のスキルの劣化版だとしても、戦略の幅が広がるのだ。

「なるほどなぁ……」

この手のアクティブスキル付きの武器は、手に入れた時に試しに使わせることで、新たなセンス取得の切っ掛けとして用意されたのだろう。

また、一部の上位プレイヤーたちは、別の狭い範囲での使い道を見つけ出して活用しているようだ。

「どうだい？　これは1本50万Gだけど、別の回避系の装備だと100万G。ここにはないけど、防御系や回復系はマーケットの方に来れば、入荷している可能性があるぜ」

「うーん。どうしようかなぁ……」

話を聞く限り、防御手段の一つとしてはありだと思う。

俺の持つ防御手段の一つである【身代わり宝玉の指輪】は、回数は決まっているが敵の攻撃を防ぐ高い防御性能を持つが、小さなダメージでも反応してしまうのだ。

そうした小さなダメージを回避するために、【限定回避】の追加効果持ちの装備があれば便利かもしれない。

「よし、買おうかな」

「へへっ、いい物を選んだなぁ。そいつは、きっと役に立つぜ」

軽業師のブーツ【装飾品】（重量：3）
SPEED＋5　追加効果：限定回避（10／10）

【限定回避】の追加効果を持った装備を身に着ければ、《リミット・ドッジ》という回避スキルを使える。

敵の攻撃を躱《かわ》しながら移動する回避系スキルであるが、移動距離の縮小化、使用回数の制限などがあり、連続使用は難しい。

だが、俺の持つ【隠密《おんみつ》】系センスにある狙いを逸《そ》らして回避率を高める《ミスディレクション》や影の中に入り込む《シャドウ・ダイブ》などと組み合わせれば、接近戦でも一瞬で視界から外れて、潜伏からの距離の取り直しが可能になる。

だが、そこでふとあることを思い付く。

「なぁ、さっき物々交換でも良い、って言ってたけど、これと交換なんてどうだ？」

俺は、闇商人プレイヤーに【完全蘇生《そせい》薬】を見せながら物々交換の相談をする。

「ほう、中々に純度の高い上物の薬じゃないか？　さぞ、精製には苦労したんだろう」

「だけど、100万Gだと売れないんだよなぁ。ちょうど、【限定回避】のブーツと同じ値段だし、交換にならないか？」

俺が頼み込むが、闇商人は困ったような口ぶりだが口角が僅かに上がっている。

「こっちだって危ない橋渡ってるんだ。いくら上物の薬とは言っても、売り値そのままで買い取るのは難しい。それに、こっちだって商売だからな」

「それじゃあ、20本くらい纏めて付けるから代わりに別の商品……じゃなくて何か面白い情報をくれないか？」

俺が交渉で【完全蘇生薬】を纏めて一気に放出すると、闇商人プレイヤーは愉快そうに笑う。

「ほほぅ、そう言いつつも顧客に薬の良さを知ってもらうために最初は安く売って、後々徐々に値上げするつもりだなぁ。いいぞ、その提案乗った！」

「なんの会話しているのよ」

「ライちゃん。まぁ、ロールプレイだから」

俺と闇商人の怪しげだけど健全なやり取りに、ライナがジト目を向けながらツッコミを入れており、アルも苦笑いを浮かべて見守っている。

そして、【完全蘇生薬】20本と【限定回避】のブーツの交換が成立するのを見ている二人に、闇商人プレイヤーも話を振る。

「どうだい？　二人も欲しい装備があれば売るぞ」

そう言って、二人に勧めるが、二人とも困ったように視線を彷徨《さまよ》わせる。

「うーん。実は、欲しい追加効果があるんだけど、ここにはないっぽいわね」

「ライちゃんは、【知力を防御に】が、僕は【力を知力に】が欲しいんです」

「なるほど、コンバート系かぁ……」

闇商人プレイヤーは、二人の話を聞いて顎を撫《な》でながらそう呟《つぶや》く。

コンバート系とは、1周年アプデで新たに追加された追加効果で、特定のステータスを低下させる代わりに別のステータスを上昇させる効果を持つ。

前衛壁役《タンカー》のライナの場合は、INTのステータスを減らして、DEFのステータスを底上げしたい。

後衛魔法使いのアルの場合は、ATKのステータスを減らして、INTのステータスを底上げしたいらしい。

一応、俺の【付加】センスの《物質付加《アイテム・エンチャント》》でも似たようなことはできるし、たぶん俺のエンチャントとも重複するだろう。

「コンバート系は、人気が高いからマーケットの方にあるし、アレは値段が高いからなぁ」

『『そうよね（ですか）……』』

この場にないことに落胆する二人に、闇商人プレイヤーが俺をチラリと見る。

「さて、ユンちゃんから【完全蘇生薬】20本を貰《もら》ったけど、価値的にこっちが貰いすぎたからそれに見合う情報を教えるけど、何か聞きたいことはあるかい？」

俺に渡す情報を思案する素振りを見せる闇商人プレイヤーに対して、俺は迷い無く答える。

「じゃあ、コンバート系の追加効果が手に入るエリアやMOBを教えてくれるか？」

「俺らが摑《つか》んでいる情報では、あるアイテムを変化させると手に入れることができるんだ」

そういう闇商人プレイヤーは、インベントリから赤黒い粘性のある液体がこびりついて乾いたような盾を取り出す。

「うわっ、なんだこれ？」

生理的な嫌悪《けんお》感を感じたのか、ライナとアルもその盾を見て眉を顰《ひそ》めるが、それを見た闇商人プレイヤーは、ニヤッと笑う。

「こいつは、とある曰《いわ》く付きの品だ。コイツを持っていた冒険者たちは、次々に魔物たちに襲われて非業《ひごう》の死を遂げた、って呪われた一品だ。どうだい、興味は湧かねぇか？」

そう言われて俺は、恐る恐る赤黒い盾のステータスを確認する。

血染めの盾【防具】
DEF＋10、SPEED−7、LUK−13　追加効果【ヘイト集中】【血染めの装備】

コノ血塗ラレタ武具ハ、数多《あまた》ノ戦イデ呪ワレ、マタ呪イハ消エルダロウ。

フレーバーテキストがカタカナ交じりで読みづらいが、呪いの武器の一種だと言うことが分かる。

ステータスにはマイナス補正が入り、一つ目の追加効果の【ヘイト集中】は、この装備を身に着けていると敵MOBから狙われやすくなるそうだ。

そして二つ目の【血染めの装備】の追加効果には、特に何の効果もないらしい。

「とりあえず、これはなんだ？　コンバート系じゃないだろ？」

「よく聞いてくれた！　これは、『血染め』シリーズって言って呪われた装備なんだ」

闇商人プレイヤーが言うには、この『血染め』シリーズを装備したまま100体の敵MOBを倒すと、呪いが解除されて本来の姿を取り戻すらしい。

また、その本来の姿の中にも一定確率で『墓守』シリーズのユニーク装備が手に入るらしい。

だが、本題はそれではない。

「呪いの解除でユニーク装備以外になった時、コンバート系の追加効果を持ってる時があるんだ」

「ハズレが当たりってまた変だよなぁ。でもこれって、どこで手に入るんだ？」

「1周年のアップデートでテコ入れされた墓場のダンジョンさ。ほら、徘徊《はいかい》ＭＯＢだったグリムリーパーが最下層に固定配置されたダンジョン。その中層のレアＭＯＢの血染めグール——通称、赤グールからドロップするんだ」

「うへぇ、あそこかぁ……」

第一の町の南東方向にある墓地エリアであり、そんなところにアイテムが追加されてたのかと辟易《へきえき》とした気持ちになる。

そう説明を受けた俺がライナとアルに目を向けると、二人ともやる気に満ちている。

「コンバート系の追加効果に『墓守』シリーズのユニーク装備ねぇ。多分、使わないけどちょっと欲しいかも」

「コンバート系の追加効果ってかなり高かったけど納得です。レアＭＯＢからドロップさせた後で１００体ＭＯＢを倒す手間があったんですね。それにそこまでやって確定入手じゃないんですから」

既にライナとアルは、コンバート系の追加効果を手に入れるために、墓地の地下ダンジョンに挑むつもりでいる。

闇商人プレイヤーからコンバート系の追加効果の入手方法を聞いた俺たちは、また後日血染めの装備がドロップするレアMOB狩りの約束をして別れた。

ただ、アンデッドやホラーなどが苦手な俺としては、ちょっとだけライナとアルたちに任せても良いんじゃないか、と内心思うのだった。

二章　血染めの装備と初心者支援

過ごしやすい秋の季節になった10月――リアルの俺は、妹の美羽《みう》と並んで通学路を話しながら歩いていた。

「ねぇ、お兄ちゃん？　なにかＯＳＯの方で変わったことあった？」

「もうほとんど話せることは、毎日話しているだろ。むしろネタ切れだよ。そんなに変わったことは頻繁に起きないから……」

登校時、隣を歩く美羽に尋ねられた俺は、呆《あき》れ気味にそう答える。

「むしろ、ミュウの方が詳しいんじゃないのか？　ネットでＯＳＯの情報とか集めているだろ？」

「まぁね！　でも、お兄ちゃんの口から聞く話も楽しいんだよ！」

とは言っても最近は、【完全蘇生薬】の作製と妖精クエストの続きとして妖精郷に訪れたことくらいで特に目立った話題はない。

まだ砂漠エリアで手に入れた【神秘の黒鉱油《くろこうゆ》】などの素材の精査も終わってないのだ。

「そういうミュウたちの方はどうなんだ？　新しいVRゲームの【フェアリーズ・テイル】だっけ？　アレはどうなんだ？」

最近の美羽と巧《たくみ》たちは、新作VRゲームの方に嵌《は》まっている。

そのため、OSOにはログインしておらず、そちらばかりの話題が多いようだ。

「うん、楽しいよ！　ルカちゃんたちとそれぞれ好きな種族になって始めたんだけど、今はメインクエストを進めているの！」

「種族かぁ。OSOは基本人間だけど、種族選択ってなんなんだ？」

OSOにもレティーアやベルのように、なりきり異種族をやるプレイヤーがいたり、地下渓谷のドワーフの王国のようにNPC《ノン・プレイヤー・キャラクター》として異種族はいる。

そんな中で、最初から種族選択ができるゲームとはどうなのだろう。

「私たちは、こんな感じで始めたんだよ！」

美羽は、携帯に収められている【フェアリーズ・テイル】のキャラのスクショを見せてくれる。

そこには、背中に白い羽を生やし、頭に光る輪っかを浮かべた美羽がいた。

「これがフェアリーズの私だよ！　種族は、天使族ってやつを選んだの！　装備はまだ揃《そろ》ってないけど、どうかな？　可愛《かわい》いでしょ！」

「なんか、美羽らしいな」

「でしょ！　ルカちゃんは、ヒューマンの重装の近接型だよ。折角異種族を選べるんだから標準的なヒューマンを選ばなくてもいいのに。ヒノちゃんは、ドワーフで両手に投げ斧《おの》を持った中近距離タイプ、トビちゃんがダークエルフになって速度特化の弾幕射撃タイプで、コハクが狐《きつね》獣人の魔法型！　リレイは吸血鬼になったんだよ！」

「……ルカートたちらしい種族のチョイスだと思うけど、種族の特徴が分からん」

次々に美羽たちのスクショとその説明を受けるが、全く分からないのだ。

ただ、楽しそうに話す美羽に対して、うんうんと相槌《あいづち》を打っているだけで満足するようだ。

そうして話しながら歩いていれば、学校に辿《たど》り着く。

「それじゃあ、私自分の教室に行くからね！」

「ああ、頑張れよ」

学校の玄関で俺は美羽と別れて、自分の教室に向かう。

そして、俺も自分の教室に着き、席に座っていると後から登校してきた巧が軽く手を上げて近づいてくる。

「おはよう、峻《しゅん》。なぁ、ＯＳＯで変わったことないか？」

「お前もか……」

美羽と全く同じことを口にする巧に、思わずジト目を向けて深く溜息《ためいき》を吐《つ》く。

「全く……そうそう変わったことなんてないって……」

「そっかぁ……それじゃあ、遠藤《えんどう》に聞くかな」

「いや、遠藤さんに聞くのも迷惑だろ……」

俺がツッコミを入れるが、それもお構いなしに美羽と同じように、巧が嵌まっている新作VRゲームの【ステラ・ギア】について話してくる。

タクの方は、昨日は他のプレイヤーとの対人戦をやっていたらしい。

なにやら、ドリルアームを装備した近接ロマン編成を試したのが楽しかったとか言っている。

「それで、【ステラ・ギア】はゲームとしてどうなんだ？」

「面白いぞ。けど、OSOから乗り換えるほどじゃないかな？」

「……そうなのか？」

巧の言葉に、俺は少し意外に思って聞き返した。

美羽と巧が結構、嵌まっているように思えたのだ。

「やり込み要素としては、パーツ収集やミッション評価の更新、タイムアタックとかあるけど、自分のやりたいタイプの機体を組み上げて戦うだけなら、それほど時間は掛からないからな」

「へ、へぇ～、そうなんだ」

「大体1、2ヶ月でゲームの本筋がほとんど終わって、その後は個人でやり込む要素を追求するか、対戦環境に移行するタイプのゲームに似てるんだよな」

巧が言うには、時折アプデで新しい装備やミッションが追加される予定はあるが、機体の能力上限とかもすぐに到達できるように設計されているらしい。

なので、後発プレイヤーでもすぐにトップ層との条件が整い、プレイヤースキルが試される対人ゲームになっていくそうだ。

「だから、ある程度の下地が整ったら偶《たま》に対戦とか新しいコンテンツを摘まみ食いするには良いゲームだと思う。だから、この前の護衛クエストで折れた剣の修理が終わったらOSOに戻るつもりだ」

ちなみに、巧のパーティーのミニッツとケイ、マミさんなんかは【ステラ・ギア】のゲーム性が合わなかったらしく、【フェアリーズ・テイル】をお試しした後、OSOに戻っているそうだ。

「ふ、ふぅ～ん。そうなのか」

巧から説明された俺は、気のない返事をしつつ、ニヤけそうになる顔に力を入れる。

知り合いのプレイヤーたちがみんな、OSOから離れていくのに少し寂しさを感じていた。

もし、美羽や巧たちがOSOに飽きて戻る気がないなら、わざわざ俺にOSOについて聞いてくることはないだろう。

だから、改めて別のゲームを遊ぶのが一時的だと聞かされると、少し嬉《うれ》しく思う。

「おはよう、峻くん、巧くん……って、峻くん、どうしたの？　変な顔になってるけど」

「遠藤さん、おはよう。なんでもないよ」

「遠藤、おはよう。OSOで変わったことなかったか？」

「唐突に、何を聞いてくるのかしら……ないわよ。普通に、友達と狩りに行くだけよ」

遠藤さんが巧に素っ気なく言葉を返すが、俺は知っている。

「確か樹海エリアの奥の方で、レティーアとベルたちと一緒に新しい使役MOBを仲間にする手伝いをしてるんだっけ？」

「うっ……峻くんは知っていたのね」

一瞬言葉を詰まらせた遠藤さんが、溜息を吐くのを見て、ちょっと申し訳なく感じる。

「ごめん、秘密だった？」

「いえ……ただ、かれこれ1週間。レティーアに付き合って、MOBの調教で樹海エリアの奥地に通い詰めているのよ」

正直、飽きた、と言う表情がありありと浮かんでいる。

「遠藤さん、お疲れ様。それが終わったら、砂漠エリアの素材を少し要る？」

「ありがとう、峻くん。私も樹海エリアの素材が集まってるから、今度交換しましょう」

そう言って、遠藤さんは嬉しそうに微笑《ほほえ》んでくれる。

少し疲れているっぽいから、遠藤さんの好きなパウンドケーキでも作ろうかと思った。

最近、サンフラワーの種が手に入ったので、アーモンドやクルミの代わりのナッツ類として混ぜ合わせた物でも作ろうか、と考える。

「新しい使役MOBかぁ。何を狙ってるんだ？」

そんな遠藤さんに巧は、調教で狙っているMOBについて聞く。

「コールド・ダックよ」

「……コールダック？」

「コールダックは、小型に品種改良されたアヒルの名前。コールダックじゃなくて、コールド・ダックよ」

思わず聞き返した俺に、遠藤さんが『コールド』の部分を強調して名前を言う。

小型品種のコールダックと寒いの意味のコールドを掛けたダジャレを聞いた俺は、呆気《あっけ》に取られてしまうが、巧は興味深そうに尋ねる。

「たしか、コールド・ダックって大きなアヒル型MOBで、防寒素材がドロップするよな」

「ええ、そうよ。能力としては、跳躍と滑空はできるけど、他の鳥系MOBみたいに飛行はできないわ。その代わり、名前の通り氷魔法が使えて、防御系スキルも充実しているわ」

「へぇ、面白そうなMOBだなぁ」

遠藤さんのコールド・ダックの説明を聞いた俺は、感心する。

それと同時にレティーアは、使役MOBの性能でパートナーを選ぶのだろうかと疑問に思う。

そして、そんな俺の内心に気付いた遠藤さんが、レティーアたちの目的を口にする。

「コールド・ダックって、美味《おい》しい卵を産むらしいわ。倒してもドロップするけど、使役MOBにすれば定期的に産んでくれるらしいの」

使役MOBの種類によっては、素材などを落とす場合がある。

例えば、レティーアの使役するウィル・オ・ウィスプのアキは薬草系アイテムを食べると燐魂結晶《りんこん》などを出し、ラナーバグのキサラギは鉱石系アイテムを食べると金属糸《きんぞくし》を出す。

他にも、高原エリアに出現するスチール・カウは牛乳を搾ることができる。

「ベルの方は、コールド・ダックの触り心地がいいから、抱き付いてモフモフするために協力しているわ」

「なるほど。それは、レティーアとベルらしいな」

レティーアとベルの目的を遠い目をしながら語る遠藤さんに俺は、納得する。

「じゃあ、なんで遠藤はコールド・ダックの調教を手伝うんだ？」

「それは……コールド・ダックのレアドロップの極上羽毛が安定して手に入るかもしれないからね。それを見越しての協力よ」

遠藤さんも打算的にレティーアとベルに協力していることに、俺と巧は苦笑を漏らす。

打算的な協力が悪いわけではないが、ぜひ一日でも早くレティーアたちがコールド・ダックを使役ＭＯＢに迎えられることを願いながら、談笑は続く。

俺たちが話していると朝のホームルームの時間になり、それぞれの席に戻る。

そうした他愛のない話をしながらも、大きなことなんてそうそう起こらないと思いながら、今日も日常が過ぎていくのだった。

巧や遠藤さんと他愛のない話をする一方、OSOでは、互いのリアルの都合から俺とライナとアルは中々集まるタイミングが摑《つか》めずにいた。

集まれない間、俺は【アトリエール】で二度目のサンフラワーの種の収穫とお菓子作りをしてのんびりと過ごすことができた。

そうして、最後に別れてから一週間後の今日——

「今日は、赤グールを倒しまくるわよ！」

「赤グールを倒しにいくのは良いけど、なんで夜なんだよ」

結局、ライナとアルと約束した赤グール狩りは、金曜の夜にまでズレ込んでしまった。

「すみません。情報集めて効率を考えたらこの時間帯で……」

合流して墓地エリアに向かう中、アルが申し訳なさそうにするが、挑む時間帯を変えるつもりはないようだ。

アルの言うとおりOSOには、昼間と夜間で出現するMOBが変わったり、一部MOBの出現率やステータスが変わるエリアなどがある。

墓地エリアの地下ダンジョンでは、夜間にＭＯＢの出現率が上がる傾向があるために、レアＭＯＢの血染めのグール狩りの効率を考えると夜間になったのだ。

ホラーの苦手な俺としては、わざわざ雰囲気が出る時間帯に挑みたくはなかった。

「……はぁ、仕方が無い。我慢するか」

俺は、深い溜息を吐きながら、ライナとアルと共に第一の町南東の墓地に向かう。

「ユンさん。そう言えば今日は、リゥイやザクロたちはいないの？」

その途中で、ライナが普段から俺の傍《そば》にいる使役ＭＯＢのリゥイとザクロ。それにイタズラ妖精のプランがいないことに気付き、俺がそれについて答える。

「あー、狭い地下ダンジョンだとリゥイが全力を出せないし、プランは、今回パスだって。ザクロだけ連れてくるのも不公平だから今回はお留守番」

狭い洞窟ではリゥイは成獣化できず、またプランは墓地の周辺でマンドラゴラを集めた時の事を思い出して非常に嫌そうな顔をして同行を拒否してきた。

『あたいは、絶対にマンドラゴラのいる場所に近寄らないからね！』

そう言って、個人フィールドの高原でリゥイとザクロ、それに他の妖精ＮＰＣたちとのんびりと過ごしているはずだ。

俺の言葉にとりあえず納得したライナとアルと共に、墓地エリアの地下ダンジョンに潜っていく。

「うわっ……早速出てきた」

墓地の地下ダンジョンの第一階層では、薄汚れた白い綿埃《わたぼこり》のようなカビを纏《まと》った人型MOB――モルドマンが現れた。

目や口は虚《うつ》ろな空洞が空いており、その穴からはひょろりと細長い青白く発光するキノコが生えているので、薄暗い地下でより不気味さを際立《きわだ》たせる。

それが数体も現れて、若干引き気味になる。

「いきますよ。――《フレイム・ピラー》！」

そんなカビ人間たちを火魔法で一掃するアルには、頼もしさを感じる。

「赤グールが出る三、四階層まで一気に行きましょう！」

「さぁ！　私が先頭にいくから付いて来なさい！」

張り切る二人に頼もしさを覚えつつ、サクサクとダンジョン内を進んでいく。

墓地の地下ダンジョンの第一階層には、カビ人間のモルドマンが数体現れるだけで、アルの火魔法によって簡単に倒されていく。

第二階層は、モルドマンに加えて、巨大な蚊のビッグバグズがプンプンと不快な音を鳴らしながら現れるので、それもアルが反射的に放った火魔法によってチリチリと燃えて光の粒子となって消える。

ここまでの階層の敵MOBは強くはなく、出てくるMOBも俺が怖がるホラー系のお化けや幽霊と言うよりも、パニック映画の下手な怪人や怪物、化け物チックなので当初抱いた不安に比べれば平気だった。

そうしてやってきた第三階層からは、数段強い敵MOBが出現する。

薄汚い緑色の肌をした痩せた犬のような乱杭歯《らんぐいば》が目立つ人型のMOBのグールと血染めのように赤っぽい体色のレアMOBの血染めのグール——通称、赤グール。

そして、壁や天井から姿を隠して風刃《ふうじん》を放ってくるシャドウ・バットの構成で現れる。

「——《弓技《きゅうぎ》・一矢縫《いっしぬ》い》！」

「さぁ、行くわよ！　来なさい、グールたち！　——《ヘイトアクション》！」

俺は、【空の目】の暗視と【看破】のセンスにより先んじて発見したシャドウ・バットを矢で射貫《いぬ》き、通路の奥からこちらに向かって駆けてくる3体のグールに向かってライナが盾を構えて、ヘイトを稼ぐスキルを使う。

異様に肥大化して鉤爪《かぎづめ》も伸びた片腕を振り上げて叩《たた》き潰そうとするグールにライナは盾を合わせる。

「——《パリィ》！　からの——《大貫通《だいかんつう》》！」

盾で鉤爪の叩き付けを受け流して生まれた隙に対して、手に持つ短槍《たんそう》で鋭い突きを放つ。

その衝撃でグールの1体が後ろに吹き飛ばされ、その穴に殺到するように別のグールがライナとの距離を詰めてくるが、すぐさまライナは構えを戻す。

「ライちゃん、行くよ！」

「わかった！　――《シールドバッシュ》！」

アルの合図と共に、ライナが《シールドバッシュ》の叩き付けで間近にいるグールをノックバックさせて、ライナもバックステップで距離を取る。

「――《フレイム・サークル》！」

そして、纏まっているグールたちの周囲に炎の環《わ》が生まれ、それが集束して爆発を引き起こす。

『『『GAAAAAAAAA――』』』

グールたちの咆哮《ほうこう》がダンジョン内に響き渡るが、炎の中に浮かび上がる影に俺が矢を放てば、それも途切れていく。

特に戦闘は問題無く、俺たちは、グールの出現する第三階層と第四階層で血染めのグールを探す。

その途中で、墓地ダンジョンに挑んでいる他のプレイヤーたちと擦れ違う。

「こんばんは。君たちもボスのグリムリーパー討伐に来たの？」

「いいえ、僕たちは、赤グール狩りに来たんです」

「そっか。互いに頑張ろうね」

薄暗いダンジョンの中で擦れ違うプレイヤーからの挨拶にアルが言葉を返し、少しだけ和やかな気持ちになる。

幸い、ボスのグリムリーパー討伐に向かうプレイヤーは何組か居るようだが、赤グール狩りをするプレイヤーは居ないためにほぼ独占状態である。

そして、ついに俺たちは、赤グールを見つけた。

何組かのグールの集団を倒して回る俺たちの前に、1体だけ体色が異なるグールが居る集団と遭遇する。

「居た！ ようやく見つけたわよ！ 赤グール！」

ライナが駆け出すと共に、取り巻きのグールの1体に速攻で攻撃を仕掛ける。

「――《連射弓《れんしゃきゅう》・二式《にしき》》！」

「――《フレイム・シュート》！」

状態異常《バッドステータス》の矢を連射して放ち、取り巻きのグールたちの動きを鈍らせ、アルの威力の高い炎弾がグール1体を確実に仕留める。

「さぁ、とっとと血染めの装備を落としなさい！」

そうして先制攻撃で優位に戦いを進めるが、赤グールもただの色違いではなく、自身や取り巻きのグールのステータスを強化する能力を持っていた。

それでも、俺たちの敵ではないために、すぐに戦いが終わる。

「やったわ！　血染めの装備がドロップしてる！　早速、呪いの解除をしましょう！」

ライナが赤グールからドロップした血染めの盾を確認し、早速装備を切り替える。

「ライちゃん、おめでとう。でも、赤グールの血染めの装備は、全員に確定ドロップみたいだよ」

「血染めの装備が全員にドロップするなら、フルメンバーで、もっと効率よく集められたかもな」

メニューでドロップした血染めの装備を確認しながら呟《つぶや》くが、血染めの装備が多く集まっても解呪条件の１００体討伐の手間を思い出す。

やっぱり、これくらいの人数で集める方が、逆によかったかもしれないと思い直す。

「それじゃあ、ドンドンとやるわよ！」

そして、やる気になるライナを先頭にダンジョン内を練り歩き、リポップしたグールを見つけて徹底的に狩っていく。

そして、血染めのグールもレアMOBと言っても、2、30体に1体ほどの割合で出現するのでそれほど出現率が低いわけではない。

更に赤グールを1体倒せば、パーティー全員に血染めの装備が確定ドロップするので、合計3個手に入る。

「ふふん！　これなら欲しいコンバート系の追加効果を手に入れるのも時間の問題ね！」

ライナは、解呪と並行するために二つ目の血染めの装備を身に着け、グール狩りを続ける。

サクサクと倒せるため緊張感もなく、談笑する余裕すらある。

「そういえば、ユンさんはコンバート系の追加効果って必要ですか？」

「俺は、別に要らないかなぁ。俺のセンス構成だと、どこかのステータスを切ることができないんだよなぁ」

ライナのように物理特化ならINTが、アルのように魔法特化ならATKの重要度が下がるが、器用貧乏タイプの俺だと逆に削るステータスがないのだ。

「だから、俺の狙いは、コンバート系の追加効果よりも普通にユニーク装備の『墓守』シリーズが欲しいかなぁ。まぁ、コレクション用だけど……」

欲しいとは思うが絶対と言うほどでもなく、運が良ければ程度の気持ちでいる。

そして、そうこうしながら赤グールを見つけて倒し、順調に血染めの装備が集まっていく。

そうして順調に血染めの装備が集まる一方、問題も発生していた。

「うぐぐっ！　全然、解呪作業が進まない……」

「ライちゃん、それはやり過ぎだよ」

最初に入手した血染めの装備の呪いが解除される間もなく、新たな赤グールを倒して別の血染めの装備がドロップするのだ。

ライナは解呪の効率を上げるために、複数の血染めの装備を身に着けてグールたちを蹴散らす。

それを繰り返した結果、ライナの全身は複数の血染め装備で固められており、重複する呪いの装備のマイナス補正により、赤グール狩りの効率が落ちているのだ。

「ライナ。解呪作業を後回しにして、赤グール狩りに専念しよう。1個くらいならステータスのマイナス補正は気にならないし、追加効果の【ヘイト集中】でグールたちを纏めやすいから、今はそれで我慢しなさい」

「むぅ……なんだか勿体《もったい》ないのよねぇ」

不満げに呟くライナは、本来の装備に戻して、血染めの装備を一つだけ身に着けて赤グール狩りを再開する。

そうして、何組かのパーティーがグリムリーパーに挑むのを見送り、そしてそれより少ない数の帰ってくるパーティーと挨拶を交わしながら単調な赤グール狩りを続ける。

3時間ほど赤グール狩りを続けた結果、もうしばらくは見たくないほどグールを倒して素材と血染めの装備を手に入れた。

「血染めの装備が集めやすいって言っても、そんなに連続してグールばっかりを倒すのも難しいよなぁ……なにより集中力が持たない」

ほぼ独占状態で赤グールを刈り続けた結果、300体近くのグールを倒し、手に入れた血染めの装備は39個にもなる。

「手に入ったのは、弓と杖《つえ》、槍《やり》、盾。それに防具は、頭部、内着、外着、腕部、胴体、腰《よう》部《ぶ》の六種。アクセサリーは腕輪タイプだけかぁ」

「これって、僕たちが装備しているセンスに対応してドロップしている感じですね」

俺とアルは、集まる血染めの装備の内訳を調べると、ドロップの傾向が見える。

どうやら赤グールを討伐したプレイヤーのセンス構成によって、血染めの装備の武器種が固定化されているようだ。

ダンジョンからの帰り際《ぎわ》、赤グールのドロップについて俺とアルが考えている一方、ライナは、悔しそうに手元のメニューを眺めていた。

「くぅ、惜しい！【防御を知力に】じゃなくて、前後が逆！　逆だったら私の欲しかった奴《やつ》なのに！」

赤グール狩りの途中、ライナが装備していた血染めの装備が何個か浄化されて本来の姿を取り戻した。

解呪された装備は、一応コンバート系の追加効果持ちだったが、ライナとアルの狙っていた物ではなかったようだ。

「まぁ、こればかりは確率だからなぁ」

コンバート系で変化するステータスは、HP、MP、ATK、DEF、INT、MIND、SPEED、DEX、LUKの9項目だ。

それが減少側と増加側で異なるので、全部で72種類の組み合わせになる。

その中から二人が欲しい組み合わせをピンポイントで当てるとなると、相当の試行回数が必要になる。

それに手元に残る複数の血染めの装備を見たライナが、憂鬱そうに溜息《ためいき》を吐き出す。

「こんなに血染めの装備が集まったけど、解呪作業が終わるのはいつになるのよ。一個解呪するだけでも相当時間が掛かったのに……」

「いや、そこはやり方だって。別に二人が欲しい物を自力で当てなくても、別のコンバート系の装備が欲しいプレイヤーとトレードすればいいんだから」

「それにライちゃん。手に入れたコンバート系の装備を売ったお金で僕たちが欲しいのを探してもいいし、効率よく解呪できるなら、血染めの装備の方を買い集めてもいいと思うな」

　赤グール狩りの片手間に解呪のための討伐数を稼いだが、討伐数稼ぎだけ集中すればもっと効率が良くなるだろう。

　更にアルの言うとおり、他の手段も用いれば必要なコンバート系の追加効果が手に入るかもしれない。

「それでも討伐速度を上げるためには、弱くて数が多い敵MOBを倒し続けなきゃいけないんでしょ？　討伐数稼ぎ以外の旨味《うまみ》も無いしモチベーションが上がらないわよ」

　げんなり顔のライナの気持ちも、確かに分からなくもない。

　全身を血染め装備で固めて、弱体化した状態でも倒せるような雑魚《ざこ》MOBを延々と倒し続けるのだ。

　二人の目的のためとは言え、苦行のような作業である。

「まぁ、今日はもう遅いからログアウトして、また明日にでも討伐数稼ぎの方法を考えようか」

一応、俺の中で効率的な討伐数稼ぎのヴィジョンはあるが、今のままでは確かに俺たちのモチベーションが上がらないやり方である。

もっと俺たちが楽しめる討伐数稼ぎはないものか考えながら、俺もライナとアルと同じようにログアウトするのだった。

●

次の日、OSOにログインした俺は、【アトリエール】でライナとアルが来るのを待っていた。

「血染めの装備を解呪するために、早く討伐数を稼ぎに行きましょう！」

「ユンさん、今日もよろしくお願いします」

勢いよくお店に入ってくるライナの後に続き、アルもぺこりと頭を下げながら入ってくる。

「いらっしゃい。とりあえず、先に使えそうなアイテムを渡しておくな」

やってきたライナとアルとパーティーを組み、二人にあるアイテムを渡していく。

「えっと……この怪しい香水はなんですか？」

「それは、誘引香ってアイテムで、それを使うと近くのMOBを引きつけることができるんだ」

輝腐ブドウに何種類かの状態異常《バッドステータス》薬を混ぜて作られた香水は、敵MOBを引きつける効果があり、討伐数稼ぎにはちょうどいいアイテムである。

「ただ、使いどころを間違えると、MOBを引き連れるモンスター・トレインを引き起こして他のプレイヤーに迷惑を掛けることになるから、扱いは慎重にな」

「わかったわ。それでどこでMOB狩りするの？　最弱のMOBなら、草原のスライムや草食獣を狩ればいいわよね！」

MOBの討伐数だけを稼ぎたいなら、ライナの言うとおり第一の町の周辺の敵MOBを倒せばいい。

初心者向けであるために、複数の血染めの装備を身に着けて重複するマイナス補正を受けても負ける要素はほぼない。

沢山MOBが集まっても、ライナやアルの範囲攻撃で纏《まと》めて一掃できる。

唯一の欠点は——

「明らかに用がなさそうな俺たちが初心者の狩り場を独占して敵MOBを倒していくのは、

迷惑行為になる」

「想像したら酷《ひど》い絵面《えづら》よね」

「確かに、荒し行為になりますね」

俺の説明に、ライナが顔を顰《しか》めてアルも納得して頷《うなず》いている。

ＯＳＯというゲームは、自分一人の遊び場ではない。

効率だけを求めた結果だとしても、他のプレイヤーの迷惑になる行動は問題である。

「じゃあ、平原はダメなのね……」

「うーん。初心者向けだけあってＭＯＢの湧く速度も速いから討伐数稼ぎには最適だけど……」

実際に、討伐数稼ぎ以外にメリットがないので、俺一人の場合だったら【血染めの装備】を身に着けてのんびりと自分のレベルに合った敵ＭＯＢを倒して解呪している。

ただ、自身の装備を強化したいライナとアルは——

「とりあえず、平原に行ってみませんか？　他のプレイヤーが居たら大人しく別の場所にＭＯＢを倒しにいきましょう」

「そうだな。東西側の平原は、他のエリアの通り道だから初心者が多いだろうけど、南北側は強めなエリアと隣接しているから人が少ないかも」

そうして俺たちは、【アトリエール】を出て最も近い南門から平原に出る。

そして、辿《たど》り着いた南門側の平原には、数組の初心者プレイヤーが居た。

「結構、人が居るわね」

「最近、新作ＶＲゲームが複数発売されて、その流れでＯＳＯにも新規プレイヤーが来たみたいだからね。その影響かも」

７月から８月の１周年アプデやクエストイベントほどではないが、新作ＶＲゲームが２タイトルも同時に発売され、ＶＲギアが新たに出荷されたことでＯＳＯにも新規プレイヤーが増えたのだろう。

そんな彼らを眺めていると、おかしな光景に遭遇する。

「――《ファイアー・ボール》！」

火魔法を発動させ、杖先《つえさき》からボンッと軽い爆発が起こり自傷ダメージを受けるプレイヤーが居《お》り、その杖先からはヒョロヒョロとした炎弾がＭＯＢに飛んでいく。

他にも、動きの鈍い大剣使いがよろよろと大剣を持ち上げて振り下ろすが、草食獣に軽々と避《よ》けられて反撃の頭突きを受けたり、ＨＰが減っているのに回復魔法も初心者ポーションも使う素振りを見せずにぐったりと座り込んでいるプレイヤーなど、行動に異常さと違和感を感じる。

「なんか動きが変な人たちがいますね。何かあったんですかね？」

「私たちが始めたばかりの頃を思い出して、なんか心苦しいわね」

アルもプレイヤーたちの異常さに気付き、ライナも彼らの表情からOSOを楽しめていないことを感じて心配そうにしている。

「なんか放っておけないし、ちょっと声かけてきていいか？」

「やっぱり、保母のユンさんが出たわね！　まぁ、私たちも手伝うけど！」

「僕らもそれに助けられたところあるんで手伝いますよ」

ライナに保母と言われて顔を顰めてしまうが、ライナとアルは俺やエミリさんに初心者時代に助けてもらったことを、他の初心者プレイヤーにするために一緒に向かう。

「ああ、クソ！　攻撃の度にダメージを受けるって！　クソゲーかよ！」

「あの……ちょっと良いですか？」

俺が爆発の自傷ダメージを受けた魔法使いに話し掛ける。

「さっきから魔法スキルが暴発しているみたいだけど、どうしたんですか？」

「どうしたも何も、魔法を使っているだけだよ！　でも使う度にダメージを受けるんだ！」

「とりあえず、回復しますね。――《ヒール》」

アルが回復魔法で魔法使いのHPを回復すると、ありがとう、と小さく呟《つぶや》き少し落ち着く。

そして、目の前の初心者プレイヤーを上から下まで観察して、あることに気付く。

「あれ？　装備が……」

「あっ、武器の杖だけちょっといいやつ？　と言うか、少し良すぎるんじゃない？」

俺が気付き、ライナの言うとおり、彼の持つ武器の杖だけが初心者には少し不釣り合いなほどいい武器だった。

それに気付いたアルは——辻《つじ》ヒールするついでに聞いて来ます、と耳打ちして他のプレイヤーたちを回復しに行く。

「なぁ、その杖はどうしたんだ？」

「これは、露店で初期の所持金を全部出して買ったんだよ。いい武器を使って敵MOBを倒せば、すぐにレベルが上がって稼げるって言われたんだ」

その話を聞き、ライナも耳打ちしてくる。

（ねぇ、ユンさん。この人、騙《だま》されてない？）

（うーん。一概には騙されたとは言えないかなぁ。あのクラスの装備なら、30万G以上の価値はあると思うけど、身の丈に合わない武器を買わされたみたい」

限りなくグレーに近い愉快犯のような露店の被害にあったのだろう、と思う。

とりあえず、目の前のプレイヤーに事実を話そうと思う。

「よく聞いてくれるか？　ＯＳＯにはプレイヤーの身の丈に合わない装備を身に着けると、様々なデメリットが発生するんだ」

「はぁ？」

初めて聞いた、とでも言うような驚き方に、ゆっくりといくつかの実例を交えながら説明する。

例えば、武器や防具の場合には速度低下が発生したり、そもそも武器を持ち上げられなかったりする。

また俺の使う弓の場合には、ＤＥＸが足りなければ自傷ダメージが発生するのだ。

魔法使いの彼の場合には、ＩＮＴが足りないための魔法の暴走による自傷ダメージだったんだろう。

その話を聞いて、目の前のプレイヤーは膝から崩れ落ちて、両手を地面に付けている。

「おかしいと思ってたけど、やっぱり、そうか……」

「えっと……完全に無駄になったわけじゃなくて、今は使えないってだけだから……」

俺がそう魔法使いの彼を慰めると、他のプレイヤーたちを見回っていたアルが戻ってきた。

「ユンさん、他の人たちにも話を聞いてきました。身の丈に合わない武器やそれにお金を使いすぎて回復アイテムや食料がない人が多いみたいです」

「なるほど。ここで【アトリエール】のポーションを安く売っても、みんなが買うお金がないわけだし……二人ともちょっと相談いいか？」

俺は、ライナとアルに向き直り、初心者の彼らを手助けしたいことを伝える。

「とりあえず、この初心者たちを放置するのは、後味が悪いから手伝いたいんだけど、いいかな？」

俺が二人に聞くと、ライナとアルはそれに賛同してくれる。

「私たちもそれで助けられたんだし、ユンさんの手伝いをするわ！　先輩プレイヤーの威厳を見せてやるのよ！」

「僕もいいと思います。早速、やりましょう！」

「それじゃあ、決まりだ！　おーい！　俺たちが初心者支援を手伝うからアドバイスや手伝って欲しいプレイヤーはこっちに来てくれ！」

「戦闘での手伝いが欲しい人たちも手伝うわ！　それ以外ＨＰやＭＰ、満腹度の回復をしたい人もこっちに来てね！」

俺たちは一度パーティーを解散し、初心者支援を始める。

「MPが減っているやつは、俺が回復するぞ。――《ゾーン・トランスファー》！」

アルが先ほどの見回りで回復魔法を掛けて回ったので、HPが減っているプレイヤーは居ない。

MPを自然回復に任せているプレイヤーには、【念動】センスにあるMP譲渡スキルの《トランスファー》を掛けていき、満腹度が減っているプレイヤーには、最近作り置きした【サンフラワーの種油《たねあぶら》】で揚げたドーナツを配っていく。

「それじゃあ、私が敵MOBを引きつけるから、あなたたちは好きに攻撃しなさい！」

ライナは、戦闘補助が欲しい初心者プレイヤーとパーティーを組み、【ヘイト集中】の追加効果がある血染めの装備を身に着けて集めた敵MOBを安全に攻撃させている。

身の丈に合わない武器を購入したプレイヤーたちも、武器センスの取得時に貰《もら》える初期武器に切り替えて攻撃をしている。

それ以外にも俺とアルは、南門の近くに待機して、HPやMPを消耗して戻ってくる初心者プレイヤーたちに《ヒール》や《トランスファー》を掛け、戦闘や取得したセンスの扱い方について相談を受けながら、初心者支援を続ける。

次第に、安定して敵MOBが狩れるようになったプレイヤーからこの場を離れて、少しレベルの高いエリアに行くのを見送る。

ライナの方もある程度センスのレベルが上がったプレイヤーを抜けさせ、別のプレイヤーに交代させて雑魚《ざこ》ＭＯＢを狩らせている。

「ヤバっ!?　もうこんな時間だ！　昼飯を作らないと！」

「あっ、もうそんな時間ですね。ライちゃん、どうしよう？」

土曜の朝からログインして始まった初心者支援は、既にお昼近くまでになっていた。

ただこの場に居る初心者プレイヤーたちは、減るどころか他の門近くのプレイヤーたちも噂《うわさ》を聞いて集まり、数が増えているのだ。

それについてアルがライナにも相談すれば、敵ＭＯＢを引き連れて初心者たちに安全に攻撃させているライナが声を張り上げる。

「とりあえず、初心者の人たちに色々と教えられたし、最初に上手《うま》くいかなかった理由も分かってるから、私たちは休んでもいいでしょ」

後は、初心者同士で教え合えば、最初に起きたおかしな状況は防げるはずだ。

『『そんな……ライナさんたち、もう帰るんですか』』

だが、そんなライナの言葉に、指導を受けていた初心者たちが俺たちに縋《すが》るような目を向けてくる。

「ふふっ……後輩プレイヤーに慕われるっていいかも。じゃなくて、仕方がないわね！　午後からも手伝ってあげるから！　今はお昼食べにログアウトするわよ！」

「ライちゃん、そんな安請け合いして……」

「全く、調子がいいんだから。まぁ、今日一日だけ、手伝うとするか」

俺たちはお昼を食べるために、一度解散してログアウトする。

そして、再ログインして再び南門のところに集まれば、今度は先ほどよりも多くのプレイヤーたちが集まっていたのだ。

「ユンちゃんが初心者支援やってるって聞いたから、手伝いに来たぞ」

集まったプレイヤーの中には、初心者以外にも【アトリエール】に買いに来てくれる既存プレイヤーの人たちも居た。

「ありがとうございます！」

彼らのお陰で午後からは、より手厚い初心者支援ができるようになった。

そして――

『『――今日一日、ありがとうございました！』』

「お疲れ様。ぜひ、ＯＳＯを楽しんで欲しいな」

今日、初心者支援を受けたプレイヤーたちが終わり際《ぎわ》に俺たちにお礼を言ってくれるので、俺は少し気恥ずかしさと共にそう言葉を掛ける。

俺たちのサポートを受けた初心者たちは、ある程度戦い方を理解し、その場にいるバランスのいいセンス構成のプレイヤーと即席パーティーを組んで冒険に出掛ける。

俺たちの知る適正レベルの敵ＭＯＢや良さそうなクエストなどを教え、次々と見送ってきた。

夕方頃になれば、新たな初心者が追加されることなく、初心者支援が終わったのだった。

「ユンさん、お疲れ様。なんだか、一日掛かりの大仕事になっちゃいましたね」

「悪いな。俺のワガママにライナとアルを巻き込んで……」

今日一日は、血染めの装備を解呪するためにＭＯＢを倒す予定だったのに、初心者支援で潰れてしまった。

「そう言えば、あの変な状況って、なんで起こったんでしょうか？」

アルが不思議そうに、今日出会った初心者たちの様子を思い出して呟く。

「俺も聞いた話だけど、最近は、初心者支援のプレイヤーが減っているらしいんだ」

１周年イベントなどの初心者の流入が多い時期が過ぎたためか、プチ増加中だった初心者プレイヤーの一部に目が届かなかったようだ。

更に、話に上がった身の丈に合わない武器を売る愉快犯の出現もあり、余計に初心者たちが混乱していたようだ。

「初心者支援のプレイヤーは、とりあえず初心者の導線になりやすい東西の近くに集まっていたから南北の門から平原に出た初心者が見落とされてたみたい」

それも俺たちが初心者支援しているのを見つけたプレイヤーたちが情報を拡散して、手伝いに来てくれたことで、今回の問題が周知されてプレイヤー間で対策が取られるようだ。

「そうだったんですか、それは良かったです。でも結局、血染めの装備の解呪が終わらなかったのは残念だなぁ」

「ふふっ……何言っているのよ！　血染めの装備の解呪は終わっているわよ！」

深く溜息《ためいき》を吐《つ》くアルに対して、ライナが上機嫌に答える。

「えっ、マジで？」

「ええ、終わったわよ。朝から夕方までずーっと初心者の人たちとパーティー組んで雑魚ＭＯＢを狩らせ続けたからね！　かなり解呪できたわよ！」

「マジかぁ……」

「ライちゃん、いつの間に……」

ライナの言葉に俺とアルが唖然《あぜん》としてしまう。

血染めの装備は、プレイヤーが倒したＭＯＢの数によって解呪される。

この条件は、パーティーを組んだ他のプレイヤーが敵MOBを倒しても討伐数が加算される。

なので、【ヘイト集中】の追加効果で初心者たちを安全に戦わせるために装備していたのかと思えば、ちゃっかり解呪の討伐数を稼いでいたようだ。

「ふふん！　実は、午後の手伝いに来る前に、この前の闇商人から追加で【血染めの装備】を纏《まと》めて買い取ったのよ！　それにNPCの武器屋で売っていた【器用貧乏の腕輪】があったでしょ？　あれを装備すれば、武器種に関係なく装備できたわ！」

その成果として、ライナは次々と解呪されたユニーク装備の『墓守』シリーズやコンバート系の追加効果を持った装備を並べていく。

「その結果が、はい。アルが欲しかった【力を知力に】も手に入ったわよ。私が欲しかった【知力を防御に】も出たし、大満足の結果ね」

「ありがとう、ライちゃん」

「全く……ライナは強《したた》かになったな」

いつの間にそんなに成長したんだか、と呟《つぶや》くが、ライナは力強く笑う。

「いつまでも弱かった後輩プレイヤーのままじゃないからね！　今だったら、ユンさんよりも強いかもしれないわよ」

「俺は生産職だからな。多分、普通に負けるって……」

俺もそう言って笑い、今日は良いことができたし、ライナたちの目的も図らずも達成できた。

「それじゃあ、狙ってたコンバート系の装備が手に入ったし、私たちのアクセサリーをユンさんにお願いするわね！」

「そうですね。他に必要な素材やアイテムがあれば集めてきます！」

「わかった。けど、二人がどういうアクセサリーを作って欲しいのか、今度相談して必要な素材を決めようか」

狙ってたコンバート系の追加効果を手に入れたライナとアルからアクセサリー作製の依頼を受ける約束をして、解散となった。

今日の成果としては、中々に良かったと思い、満足しながらログアウトするのだった。

後日、俺の初心者支援の行動が子どもを引率する保母さん的に解釈された話が広がり、悶絶《もんぜつ》するのは余談である。

三章　神鳥竜のスターバングルとニトロポーション

「さぁ、ユンさん！　早速このコンバート系の追加効果を使ったアクセサリーを作ってちょうだい！」

「ライちゃん。まずは、必要な素材の相談からだよ」

ライナとアルは、作製するアクセサリーの相談をするために、【アトリエール】にやってきた。

いつものようにアルがライナを窘《たしな》めながら、二人からアクセサリーの要望を聞き出す。

「私は、防御力重視だから、アダマンタイトのアクセサリーが欲しいわね」

「僕の方は、火魔法をメインで扱うので、上位の属性金属でお願いします」

ライナの方に使うアダマンタイトは荒野エリアの地下渓谷で採掘でき、アルの使う上位の属性金属は、下位の属性金属を混ぜたミスリル合金に同属性の強いアイテムを加えて、【魔力付与】のＥＸ《エクストラ》スキルで変質化させる必要がある。

「アダマンタイトと火属性のフレアダイトをベースにすれば、問題ないかな。あと、装飾や追加効果はどうする？　作って欲しいデザインのイメージとか、使って欲しい素材を持ち込んでくれれば対応するぞ」

アクセサリーに宝石や彫り込みなどの装飾を施せば、微量のステータス上昇が得られる。

またアクセサリーの容量次第だが、追加効果を多く付与できれば、その分強力になる。

「そうね、装飾は重要よね。デザインは私の今の装備に合わせたもので！　追加効果は、後々付与できるし、とりあえず保留！」

「了解。まずは、アクセサリーの素体を中心に考えるか」

そして俺は、簡単に必要素材のリストを作成して二人に提示する。

「うっ……結構な素材ね。でも、安くて良いアクセサリーを手に入れるために頑張るわよ！」

「そうだね！　まずは、鉱石系から集めようか！」

俺の手元にもある程度の素材はあるが、それで作ると素材費が掛かって値段が馬鹿高くなる。

そのために二人は、安く済むように素材の持ち込みでアクセサリーの作製を依頼してきたのだ。

そして、そんなライナとアルを【アトリエール】のカウンターから見送った俺は、少し間を置いて小さく気合いを入れる。

「ライナたちが素材を揃《そろ》えてくる前に、少しでも細工系のセンスのレベルを上げるかな。でもその前に、砂漠エリアで手に入れたアイテムも色々と試しておこう」

そう呟きながらインベントリから真っ黒な液体――【神秘の黒鉱油《くろこうゆ》】を取り出す。

これは、砂漠エリアの黒い池で採取できる原油のような可燃性の液体である。

そのままでも攻撃アイテムとして利用できるが、更に加工できないか試していく。

「とりあえず、加熱してみるかな」

早速、【アトリエール】の工房部で【神秘の黒鉱油】をフラスコに注いで加熱を始めると、しばらくして沸騰しはじめ、気化が始まる。

「おっ、溜《た》まっていた油の粘度が上がってきた」

ふつふつと沸騰で泡立っていた黒い油が目に見えて粘性を増した直後、空気中に甘いような香りが部屋の中に立ち籠めてきた。

その匂いに当てられて少し頭がボーッとする中、そろそろ止めた方がいいかな、と思った直後――ポッと何かに引火するような軽い音が響き、一気にフラスコの周辺が燃え上がる。

「ちょ！　わっ⁉　い、引火した⁉」

気化した【神秘の黒鉱油】が可燃性のガスだったのか、フラスコを加熱する火に引火して、目の前で一瞬にして大きな炎が立ち上る。

間近で作業していた俺は、思わずその場から飛び退《の》き、椅子に引っかかって床に尻餅をつく。

そして、空中で一頻《ひとしき》り燃えた炎は、フラスコの中に残る【神秘の黒鉱油】にも燃え移り、黒い煙と煤《すす》を残しながら燃え続けている。

「痛《い》てて っ……あー、失敗した。沸騰で出るのは、可燃性ガスだったか。とりあえず、片付けよう」

少量で実験していたために、作業台の周辺を少し焦がすだけで済んだのは幸いだった。

だが、作業の失敗に肩を落としながら窓を開けて部屋の中に充満した空気を換気し、煤で汚れた道具などを片付けて、改めて道具を揃える。

「気化した可燃ガスを安全に収集するなら、蒸留器を使う方がいいかな」

最近は【生命の水】を使うことが多いが、薬草からポーションを作る時、ただの水よりも一度不純物を飛ばした蒸留水で作る方が良い物が作れる。

そんな蒸留器に【神秘の黒鉱油】をセットし、再び加熱を始める。

そして、沸騰により気化したガスが上方の管を通り、管の中で冷やされて黄色がかった液体が隣のフラスコに少しずつ溜まっていく。

「これで、良い感じに加工できるかな」

【神秘の黒鉱油】の加熱を続けると、しばらくして二つのアイテムに分離することができた。

一つは、気化したガスを冷却して黄色がかった液体に戻した――【太陽神の落涙】。

もう一つが、加熱したフラスコの中に残る粘性の高い黒い液体――【暗黒神の歴青油】となった。

【太陽神の落涙】は、いわばガソリンのような可燃性の液体だ。

これを瓶詰めして投げれば、従来よりも強い火炎瓶が作れそうである。

【暗黒神の歴青油】は、アスファルトやコールタールのような接着剤や塗料などに使えるようだ。

元々可燃性のある素材から作られているために耐火性の低い素材であるが、耐水性はあるので、使いどころはあるだろう。

「この【暗黒神の歴青油】は、リーリーが使うかなぁ。今度、持っていってやろうっと」

そう呟きながら、もう一方のフラスコに溜まっていく【太陽神の落涙】をジッと見つめて、好奇心からその液体を再び蒸留器に掛ける。

「更に蒸留したらどうなるかな。アイテムが消滅するか、それとも更に別のアイテムに変化するのか」

俺は【神秘の黒鉱油】の蒸留と並行して【太陽神の落涙】も蒸留する。

加熱した【太陽神の落涙】から緑色の気体が上がり、それが管を通って冷やされるが、水冷では液化しないようだ。

とりあえず、収集できた緑色の気体をフラスコに集めて栓をして、アイテムを確認する。

「――【破壊神の息吹《いぶき》（小）】って物騒な名前だなぁ。それに小ってことは、中や大もあるのかな」

緑色に怪しく揺らめくフラスコの中の気体に、なんとなく先ほどのボヤ騒ぎでは収まらない危険な予感がするが、ここまで来たなら好奇心を止められない。

「普通に蒸留器に掛けてもこれ以上フラスコに気体が入らないだろうし、一度【氷結液】やアイスジェルで冷やして液体にできれば、いけるかな？」

俺は、再び蒸留器に【太陽神の落涙】を継ぎ足して加熱し、水を張った容器にフラスコを浸して、冷却水に【氷結液】を注ぎ込む。

【氷結液】で水が凍り、緑色の気体が液体に戻りフラスコの底に溜まっていく。

「温度は――大体10度付近で液体になるのか」

【破壊神の息吹】が緑色の液体になり、フラスコの半分程度まで溜まったところで栓をする。

そして、【氷結液】の効果が切れたところで、気体に戻り始めた【破壊神の息吹】が内圧で栓を押し出そうとしていた。

「うわっ!? 気体に戻って、膨張してるのか！　頑丈に固定しないと！」

俺は、慌てて、フラスコの栓を抑え込み、インベントリから取り出した針金でフラスコの栓を固定する。

「ふぅ……これを作るのは、ちょっと危ないかもなぁ……」

最初にフラスコに閉じ込めた気体よりも密度が濃いためか、濃い緑色の気体が揺れている。

アイテム名も【破壊神の息吹（大）】と予想通りに強化することができたが、なんとなく、嫌な予感がする。

「とりあえず、可燃性の【神秘の黒鉱油】からできたアイテムだから、他のアイテムも火気厳禁だよな」

俺は、【アトリエール】で少量ずつ【神秘の黒鉱油】を精製しながら、蒸留されたアイテムをインベントリに収納していく。

楽するために大量の【神秘の黒鉱油】を一度に蒸留した結果、うっかりミスで引火による大爆発を引き起こすなど笑えないので、本当に少しずつの作業である。

爆発の危険がある蒸留作業であるために、他の火気を用いる生産活動もできないので、砂漠エリアや最近手に入れたアイテムの整理だけを行っていく。

「――【デザート・グラス】に、隕星鋼《いんせいこう》の欠片《かけら》、プラチナの礫《つぶて》、それに砂漠に埋没していた骨や化石、ダイヤモンドとかの宝石の原石。あとは、護衛クエストの報酬の武器かぁ。また新しいアクセサリーでも作ろうかなぁ」

俺が最近作った汎用アクセサリーには、【射手の指貫《ゆびぬき》】がある。

【射手の指貫】は、アルが注文した魔法金属と同格である土属性のアースダイトを素材に、物理と地属性を強化するアクセサリーとなっている。

次に俺がアクセサリーを作るとすれば、別の側面を補強できるアクセサリーを作りたい。

「作るとしたら、次は魔法タイプか、防御系かなぁ」

そんな風にアイテムを並べて悩む俺に、換気のために開け放った窓からイタズラ妖精のプランが飛び込んでくる。

「なになに⁉　何か面白そうなことでもやってる？」

「プランか。ちょっとアイテム整理のついでに次に作るアクセサリーを考えていてなぁ」

俺が揃えた素材の山を見て、プランが声を上げる。

「それなら、あたいのアクセサリーを作ってよ！　いや、作るじゃなくて、あたいのベルトをもっと強くしてよ！」

「強くって、そのベルトを？」

俺の目の前で静止したプランが胸を張り、腰に巻いたベルトを見せつけてくる。

昔、あり合わせの素材で作った妖精用のミニベルトには、大した性能はない。

だが、プランは大事に使ってくれるし、それを実用的にもしたいようだ。

「確かに、補助タイプのプランを守るためのアクセサリーは必要だよな」

プランのベルトの革をより上位の素材に替えて、金具を鉄から更に軽い隕星鋼で作り直し、プランの強みを生かすためにＳＰＥＥＤ上昇系の追加効果を付与すれば、更に生存能力が上がりそうだ。

そうやって、一人プランのベルトの改良計画を考えていく。

「よし、俺のアクセサリーと一緒に作ろうか」

「わーい！　それじゃあ、楽しみに待ってるからね！」

そう言って、腰に巻いていた妖精サイズのベルトを外して俺に渡し、早々に窓から外に飛び出してしまう。

「さて、プランのベルトを強化するか」

ちょうど今やっている分の【神秘の黒鉱油】の蒸留も終わり、蒸留器を片付けた後、プランのベルト改良を始める。

ベルトの金具はすぐに隕星鋼で作り、ベルトの革としてワイバーンの物を使う。

ワイバーンの革を前のベルトと同じ幅に切り、前のベルトの色に近い色の染料で染める。

ベルトのパーツを組み合わせて完成となり、最後の追加効果を付与する段階で、ふと思い付く。

「隕星鋼製だと、自由にできる追加効果のスロットが3個か。【SPEEDボーナス】に【SPEED付加】。あと一つは……もしかして、アレも使えるかな」

俺は、そのまま思い付きを完成させ、名前のなかった妖精のベルトに名前を付ける。

流精の紐帯《ちゅうたい》【装飾品】（重量：1）
DEF＋10、SPEED＋10　追加効果：SPEEDボーナス、SPEED付加、限定回避（10／10）、装備重量軽減（小）

流れ星の流星と気ままに流れる風のイタズラ妖精を掛け合わせたネーミングだ。

装備の特徴としては、【彫金師】と【付加術士】のセンスで付与できる二種類の追加効果と隕星鋼の素材特性として付いた【装備重量軽減（小）】。

そして先日、闇商人から購入した【限定回避】の追加効果を付与している。

【装備重量軽減】の追加効果は、元々の装備重量が1のプランのベルトには意味はないが、更に別の素材でアップグレードした際に消えることなく残り続けるので、将来的な強化では意味があるだろう。

【限定回避】については、回数制ではあるが、きっとプランを守ってくれるだろう。

そんなプランのベルトが完成した次に、自分のアクセサリーに着手する。

「さて、今回はこの素材を使うか」

以前、第一の町の上空を飛んでいた徘徊《はいかい》MOBのガルーダ・ドラゴンから大量の素材を手に入れたことがあった。

今回は、ガルーダ・ドラゴンの角をベースに作ろうと思う。

骨や牙、角などの生体素材は、小刀で少しずつ削って形を整え、研磨剤などを用いて綺《き》麗《れい》に磨き上げていく。

ガルーダ・ドラゴンの角をC字型に仕上げていき、砂漠エリアで見つけた砥石《といし》で丁寧に磨いていく。

角を磨けば磨くほどに黒にも近い濃い緑を持ち、角の中には小さな煌《きら》めきの粒が散らばっている。

まるで、夜空のような美しさが露《あら》わになる。

そして、そんな美しい腕輪の縁を藍色のアダマンタイトでシンプルに飾り付けた腕輪を二つ作り上げ、それを一組のアクセサリーとして完成させる。

「よし、できた。あとは、追加効果の付与だな」

今回は、【彫金師】と【付加術士】でＤＥＦを上げる追加効果を付与し、砂漠の護衛クエストの報酬で手に入れたプラチナのクロスアンクから【強化効果上昇（中）】を張替小槌《はりかえこづち》で移し替える。

神鳥竜のスターバングル【装飾品】（重量：３）
ＨＰ＋20％、ＭＰ＋10％、ＤＥＦ＋25、ＩＮＴ＋25　追加効果：ＤＥＦボーナス、ＤＥＦ付加、強化効果上昇（中）

「うん。防御と魔法攻撃主軸のアクセサリーができた。とりあえず、これで完成かな」

実際に両手首に付けてみると、Ｃ字型の腕輪がキュッと締まるようにサイズが自動調整される。

アダマンタイトと生体素材の複合で重量3という割には重く感じず、動きの邪魔にならずに扱える。

神鳥竜のスターバングルにはまだ追加効果を付与する余裕があるが、相性のいい強化素材がないために、俺のアクセサリーも一旦は完成である。

「おーい、プラン。ベルトが完成したぞー！」

俺が工房部の窓からプランを呼ぶと、リゥイとザクロと共にプランがやってきた。

「ホント⁉　あたいの新しいベルトがもうできたの⁉」

「ああ、これがプランの新しいベルトだ」

そうして、掌《てのひら》に載せた新しいベルトを差し出すと、プランはいそいそと腰に巻き、目の前で回ってみせる。

「おおっ！　前より力が湧くのを感じる！　それに前よりずっと軽い！」

「そのベルトには【限定回避】の追加効果が付与してあるんだ。だから、《リミット・ドッジ》って唱えると、回避スキルが発動する……と思う」

正直、プレイヤー向けのアクティブ系スキルであるが、言葉を解せる妖精NPC《ノン・プレイヤー・キャラクター》に使わせたらどうなるのか、個人的な興味があった。

その結果――

「――《リミット・ドッジ》！　あははっ、速い速い！」

シュン、シュンと短い距離で高速移動を繰り返すイタズラ妖精のプランに、成功を喜ぶ気持ちと、とんでもない物を渡したかもという気持ちが湧いてくる。

「これで誰もあたいに追いつけない！　あたいが鬼ごっこで一番だー！」

「プラン、使い過ぎると回数を使い切るぞ」

俺がそう注意するが、ベルトにストックされている【限定回避】のスキルを使い切ったプランがスキルの不発で空中でつんのめる。

「ええー!?　もう終わりなの！　ねぇねぇ！　これ、元に戻らないの!?」

「明日になれば、回数は少し回復するからそれまでは我慢だ。それとあんまり使い過ぎて、いざって時に使えないといけないから遊びで使うの禁止だぞ」

俺の言葉にプランは、ぶぅと頬を膨らませて不満そうにするが、それでも渋々と納得してくれる。

「仕方がないかぁ……。それじゃあ、リゥイ、ザクロ！　高原の方に遊びに行くぞー！」

そうして、プランは窓の外から工房部の俺たちを覗《のぞ》き込んでいたリゥイとザクロを引き連れて、個人フィールドの扉を潜《くぐ》っていく。

そんなほのぼのとした光景に和みながら、俺は先ほど中断した【神秘の黒鉱油】の蒸留を続ける。

「後でまた【神秘の黒鉱油】で作ったアイテムの性能も実験しないとなぁ」

そう呟《つぶや》きながら、コツコツと蒸留を続けていくのだった。

●

三日後、十分な量の【太陽神の落涙】と【破壊神の息吹《いぶき》】を手に入れた俺は、アイテムの性能実験をするために、一人で個人フィールドの高原に来ていた。

個人フィールドの高原の中央には、別荘のログハウスと薬草畑があり、北東側には妖精NPCの遊び場の森と花畑がある。

それ以外の場所は、手付かずの草原となっているためにスキルやアイテムの練習や実験に適している。

「さて、遠距離着火用の道具の準備もできたし、やるか」

実験のために遮光ガラスの使われた【ワーカー・ゴーグル】を身に着けた俺は、着火装置を地面に敷いていく。

俺の手元には、南の孤島エリアで採取できるラバー素材で覆われた長い被覆銅線があり、その両端には、剝《む》き出しの銅線に【雷石《かみなりいし》の欠片《かけら》】が巻き付けられている。

「それにしても、わざわざ安全に着火するためにこんな物を作ることになるとはなぁ」

火魔法が扱えない俺では、遠距離から【太陽神の落涙】や【破壊神の息吹】を着火するのは少し難しい。

そのため、銃弾の雷管として扱われる【雷石の欠片】の性質を利用して着火装置を自作した。

【雷石の欠片】は、強い衝撃が加わると瞬時に電気を放出して周囲に火花と弱めの【麻《ま》痺《ひ》】の状態異常《バッドステータス》を引き起こす。

そうして発生した電気は、被覆銅線を伝って離れたもう片方の【雷石の欠片】にも伝わり、火花を発生させるのだ。

「距離は、10メートル。この辺が安全かな」

事前に、バーベキューに使う広く底が浅い鉄板に、ポーション1本分の【神秘の黒鉱油】を注いで、被覆銅線に繫《つな》がった【雷石の欠片】を浸《つ》けて着火の準備は整えてある。

「まずは、大本の【神秘の黒鉱油】からだな。いくぞ――着火！」

俺は、銅線に巻かれた【雷石の欠片】にハンマーを振り下ろす。

砕けた【雷石の欠片】がスパークを発し、ほぼ同時に【神秘の黒鉱油】の入った鉄板側でも【雷石の欠片】が砕けて火花を散らし、【神秘の黒鉱油】に着火する。

「おおっ、結構しっかりと燃えてるなぁ」

赤い炎が俺の腰ほどの高さまで上がっているのを眺めながら、手早く被覆銅線を巻き取り回収する。

「被覆銅線は、少し焦げてるな。ピラミッドダンジョンのトラップで大したダメージにはならないのは知ってるけど、一応端だけは交換するか」

吹き上げる炎を横目に被覆銅線の端から1メートルの範囲を外して、予備の被覆銅線と繋ぎ直す。

元々10メートルもの長さの被覆銅線を一度に作るのは難しいので、1メートルほどの長さの物を繋いで延長して作った。

そのために片方の端が焦げたらその部分を外して、予備の被覆銅線を繋いでラバー製の絶縁テープで補強し、【雷石の欠片】を両端に巻き直す。

その作業の合間も【神秘の黒鉱油】の炎は、消えずに燃え続け、燃え尽きるまで約3分掛かっていた。

「【神秘の黒鉱油】は、火属性ダメージよりも、炎熱ダメージを継続的に与えるのが主眼のアイテムかなぁ」

燃焼の効果時間は長めであるが、ＯＳＯの1周年アップデートでスリップダメージが与えるダメージに上限が設けられている。

そのために、ＨＰの低いＭＯＢには有効ではあるが、一定以上のＨＰを持つＭＯＢだとスリップダメージに上限があるので効率が悪くなるかもしれない。

「まぁ、毒と炎熱のスリップダメージを重複させるのも悪くないかなぁ。次は──【暗黒神の歴青油】を試そう」

コールタールに似た粘性の強い塗料は上手《うま》く燃えるだろうか、心配しつつも先程と同じように着火準備をして、雷石を砕く。

「──着火！……失敗か」

【雷石の欠片】をハンマーで砕いた直後、10メートル離れた場所で小さな雷光が見えたが数秒の間は沈黙が流れる。

上手く着火できずに、小さな細い煙だけが上がっているのに、肩を落とす。

だが、その数秒後に変化が起こる。

「はぁ……って、うぇっ!?　黒煙!?　それに臭っ!?」

モクモクと激しく黒煙を吹き出して燃え始める【暗黒神の歴青油】を見上げながら、周囲に漂ってくる臭いに口元を押さえる。

「げほげほっ……ダメージはなさそうだけど、環境に悪そうな燃え方するなぁ……」

咳《せ》き込みながら距離を取る俺は、モクモクと燃え上がる黒煙を見上げる。

ダメージアイテムとしては使えなそうではあるが、この激しい黒煙と刺激臭を利用してPVP《プレイヤー・バーサス・プレイヤー》向けアイテムの煙幕を作ることができるかもしれない。

魔法薬の【閃光液《フラッシュ・リキッド》】は強い光で視界を潰すが、こちらは黒煙自体で視界を遮るので場所や用途で使い分けができるだろう。

「そうなると、粘性の高い液体のままだと扱いづらいよなぁ。オガクズとかに油を吸わせて乾燥させたやつを小さく固めればできそうだなぁ」

それに導火線などを付ければ、煙幕花火っぽくなりそうだ、と改良案を手元のメモに書き込んでいく。

「逃走手段の一つとして真面目に研究するのも、アリかなぁ……」

俺はそう呟きながら黒煙の煤汚《すすよご》れだけで済んだ被覆銅線を巻き取り、時間経過で汚れが消えたのを確認して、【太陽神の落涙】の着火準備に入る。

「よし、ここからが本番だ」

今までは【神秘の黒鉱油】そのものと蒸留した際の残留物である。

本命である【太陽神の落涙】には、どれほどの破壊力があるのか調べるのが怖くなるが、それでも試さなければならない。

「――着火！」

三度目の着火では、すぐに火柱が立ち上がる。

炎は【神秘の黒鉱油】に比べて激しい青白い炎と軽い爆発を引き起こす。

その一方で、燃焼時間は1分もないために、こちらはダメージアイテムとしての性質が強いようだが……

「でも、やっぱり着火手段を別に用意しないといけないから使いづらいなぁ」

事前に【太陽神の落涙】を相手に投げつけることで、次の火魔法の威力を底上げすることができそうであるが、汎用性が足りない。

「それに、このアイテムが砂漠エリアで通用するのか？」

ゲーム的なセオリーを考えると、手に入れたアイテムがそのエリアを優位に進めるのに有効な場合が多い。

例えば、海岸エリアや孤島エリアで手に入る海藻の【シーサイドキャビア】から水中呼吸を補助する【ブリージング・ポーション】を作ることができ、砂漠エリアのキャラメル・キャメルのキャメルミルクを使った料理を食べれば、一時的に【炎熱耐性】を得ることができる。

それと同じように、【神秘の黒鉱油】も砂漠エリアの攻略を優位に進められるアイテムに変わるかと思ったが、予想が外れたかもしれない。

「いや、まだ【破壊神の息吹】が残ってるんだ。もしかしたら、こっちの方が汎用性や使いやすさが高いかもしれない……」

【破壊神の息吹】は常温では気体になるために、先程のようにバーベキュー用の鉄板に注いで着火することはできない。

代わりに、フラスコの栓に着火装置の端っこを組み込み、密閉した状態で爆破できるように細工してある。

俺は、最後の実験準備を終えて【破壊神の息吹】に着火する。

「すぅー、はぁー。これが大本命だ。いくぞ——着火！」

深呼吸をして心を静め、覚悟と共にハンマーを雷石に振り下ろす。

そして、着火と同時に、ドンッ！　と腹の底に響く爆発音が響き、熱気と衝撃波が離れている俺のところまで届き、思わず尻餅をついてしまう。

「……ビ、ビックリしたぁ。なんだよ、あの爆発」

俺の土魔法の《エクスプロージョン》と同等の威力がありそうな爆発の発生地点に恐る

恐る恐る近づく。

「うへぇ、地面が抉《えぐ》れてる」

フラスコから半径3メートルの範囲の地面が爆発で吹き飛び、草が剝き出しになって焦げ目が付いている。

下に敷いていた底の浅い鉄板も、黒い焦げ目が付いて拉《ひしゃ》げていた。

「威力は中級魔法程度。炎のダメージって言うよりも純粋な爆発ダメージって感じだな」

威力は攻撃アイテムとしては申し分ないが、常温で気化する性質はやはり使いづらい。

「同じ攻撃アイテムなら、俺のマジックジェムの連鎖爆発でも十分だし……むしろ、そっちの方が安価で扱いやすいよなぁ」

マジックジェムは、【付加】センスで作れるアイテムなのに対して、【破壊神の息吹】は、【調合】センスで作れるアイテムの違いがある。

これが【神秘の黒鉱油】から作られるアイテムの限界だとも思えない。

「まだ【神秘の黒鉱油】を加熱しかしてないよなぁ。それなら、手持ちの素材を色々と混ぜて反応を確かめてみるかな」

アイテムの性能実験をしたこの場を片付けて【アトリエール】の工房部に戻った俺は、【神秘の黒鉱油】、【太陽神の落涙】、【破壊神の息吹】の三種類のアイテムに様々な素材を加えて反応を確かめる。

「まぁ、いつもの実験だ。三種類の試薬を用意して、それに素材を加えるだけ」

唯一常温で気化する【破壊神の息吹《いぶき》】は、ムーンドロップを栽培する時に使ったショーケースと合成MOBのクーラージェルを組み合わせた低温環境で保存と実験を行う。

それから、三日後――

「だはーっ！　素材は全滅だ！」

三種類の試薬に様々な素材を加えたが、何一つ反応を引き出す素材が見つからなかった。

俺の手元の素材全てに三種類の試薬を混ぜるか、浸すか、掛けるかなどするが、反応する素材は一つもなく予想が外れた。

「うーん。もっと【神秘の黒鉱油】の限界は高いと思ったけど、当てが外れたのか？」

俺が一人唸《うな》り声を上げながら、工房部の天井を仰ぎ見て考える。

OSOは、とても丁寧な作りのゲームだ。

無論、ただ優しいだけのヌルいゲームとは違い、扱いづらいセンスもあるし、プレイヤーを阻《はば》む様々な障害など、不親切さもある。

だが、扱いづらいセンスも他のセンスとの組み合わせで思わぬ驚きや発見を生み、多くの障害もただ理不尽なだけではなく、きちんとした対策や対応が用意されている。

そういう風に、ゲームが丁寧にデザインされている。

だからこそ、【神秘の黒鉱油】は加工の先で砂漠エリアの敵ＭＯＢにも通用すると思っている。

「爆発物は、砂漠エリアのサンド・キャットフィッシュを怯《ひる》ませるのに有効なんだよなぁ」

砂漠エリアを徘徊《はいかい》してプレイヤーを追跡する巨大ナマズ型ＭＯＢのサンド・キャットフィッシュは、砂を呑《の》み込みながら追跡してくる。

分厚い外皮で覆われた体には、ダメージがほとんど通らない。

判明している攻略法は、丸呑みしようとする口の中を爆発させると、砂から飛び出して弱点の白い腹部を晒《さら》すのだ。

「だから、砂漠エリアで爆発系の攻撃アイテムを作れると思ったんだけどなぁ」

手持ちの素材を混ぜ合わせても反応を示さない素材に、頭を悩ませる。

「だぁぁぁあっ！　ダメだ、思い付かない！　まだ手に入れてない素材が必要なのか⁉」

北の町近辺の素材やエミリさんたちが行っている樹海エリアの奥地など、俺がまだ未探索のエリアが存在し、そこの素材が必要な可能性もあるが……

「いや、ＯＳＯはそこまで不親切じゃない。砂漠エリアか、そこに辿《たど》り着くまでのエリアの素材で作れるはずだ！　きっと……おそらく……たぶん……だといいなぁ」

　途中で自分で言ってて、段々と自信がなくなり、声が小さくなる。

　そう言えば、最近完成させた【完全蘇生《そせい》薬】の制限解除素材には、ＯＳＯの様々なエリアの素材が要求された。

「なんか、考えれば考えるほど、何を混ぜればいいのか分からなくなってきた……仕方がない。気分転換にお菓子でも作るか」

　俺は一人肩を落としながら、工房を一旦片づけてから気分転換にお菓子作りをするのだった。

●

　ゴリゴリゴリ、と【アトリエール】のカウンター席に座る俺は、無心で箱状の道具のハンドルを回していた。

「何を、どうやったら反応するのか……足りない素材はなんだ？　それとも素材の状態が違うのか？」

　一人ブツブツと呟《つぶや》きながらも延々とハンドルを回す俺に、ＮＰＣのキョウコさんが声を掛けてくる。

「ユンさん、随分熱心にやっているみたいですけど、何をしているんですか？」

キョウコさんがつい単純作業で無心になっていた俺の手元を覗《のぞ》き込み、ハンドルが付いた道具を興味深そうに見ている。

「ああ、これは、ナッツの皮むき機なんだ。中にサンフラワーの種を流し込んでハンドルを回すと、種と殻が分離していくらしいんだ」

とは言っても、中身が見える訳ではないので、どのような機構で分離しているのか不明なファンタジーグッズである。

ただ、料理の便利系アイテムとしてNPCのお店で売っていたので購入し、二回目の収穫で手に入れたサンフラワーの種を食用として纏《まと》めて殻を外しているのだ。

種油の抽出には、殻ごと圧搾《あっさく》して搾り出したが、食べるとなると硬い殻が邪魔で外さなければいけない。

「ほら、短時間でこれだけの種の殻が剝《む》けたんだよ」

俺が皮むき機の下部にあるケースを引っ張り出すと、そこには白黒の縦縞《たてじま》模様の殻が剝かれた黄緑色のサンフラワーの種の可食部が山盛りになっている。

ただ、剝けた種の殻は何処《どこ》かに消滅するので、やっぱりファンタジー道具である。

「ユンさんは、こちらで何を作るんですか？」

「サンフラワーの種の素焼きに、ドライフルーツとサンフラワーのパウンドケーキ。あとは、フロランタンなんていいよなぁ」

パウンドケーキとフロランタンのどちらもクルミやスライスアーモンドを使うが、今回はサンフラワーの種で代用して作ってみるつもりだ。

濃厚なキャラメル・キャメルのミルクがあるために、きっとフロランタンのキャラメルナッツ層と相性が良く、食感も楽しめてオシャレにできる気がする。

「量が多そうですね。お手伝いしましょうか？」

「ありがとう、キョウコさん。このお茶を飲んだら、一緒にやろうか」

そして俺は、ＮＰＣのキョウコさんを助手としてお菓子作りを始める。

まずは、パウンドケーキからだ。

今回は、ドライフルーツと粗く刻んだサンフラワーの種をさっくりと混ぜ合わせた生地を四角い型に流し込み、上にサンフラワーの種を散らしてオーブンで焼く。

今までも何度も作ってきたパウンドケーキをサンフラワーの種の食感を楽しめるようにアレンジしたレシピとなる。

「ユンさんのお菓子は美味しいですけど、一度に沢山作るので大変です」

「あはは っ、ごめんね。ただ、作る手間は一緒だから、どうしても作り置きしたくて沢山作るんだよ」

俺は、キョウコさんとそんな話をしながら、まずはパウンドケーキを仕上げていく。

その間にも【アトリエール】から香る砂糖やバターの香りに釣られて、リゥイとザクロ、それにプランが率いる妖精NPCたちが窓の外からそっと覗き込んでくる。

そして、パウンドケーキが焼き上がるまでの間、フロランタン作りに入る。

「キョウコさん。カラメル作りの方をお願いできる？　俺はクッキー生地の方を作るから」

「了解しました」

まずは、常温のバターと砂糖を白っぽくなるまで混ぜ、その後に溶いた卵と篩《ふる》いに掛けた小麦粉を混ぜ合わせる。

そして出来たクッキー生地をオーブントレーの形に合わせて伸ばし、一度冷やして生地を休める。

その後、フォークでクッキー生地全体に細かな穴を開けていき、パウンドケーキとは別のオーブンで生地を焼く。

「ユンさん、こっちのカラメルの方の確認をお願いします」

「うん。分かったよ」

キョウコさんに頼んだカラメルは、バターや砂糖、妖精郷《ようせいきょう》の花王蜜《ハニークラウン》、キャラメル・キャメルのミルクで作った生クリームを加えて、焦がさないように弱火でじっくりと煮詰めていた。

俺は、それを味見させてもらい、笑顔で頷《うなず》く。

「うん、良い感じだと思う。それじゃあ、サンフラワーの種を混ぜ合わせて生地の上に流し込もうか」

一粒が大きめのサンフラワーの種をスライスした物をカラメルと混ぜ合わせ、粗熱の取れたクッキー生地の上に流し込んで、均一になるように伸ばす。

そして、再びオーブンに入れて加熱し、カラメル層の表面が溶けてアメ状になるように茶色く焦がしていく。

オーブンから取り出して、また粗熱が取れた後、食べやすい大きさに切り分けてフロランタンの完成である。

「さて、できたことだし、試食しようか」

「それじゃあ、またお茶を用意してきますね」

キョウコさんがお茶の用意のために少し離れ、リゥイとザクロたちが目を輝かせて涎《よだれ》を垂らしながらお菓子を見つめている。

「沢山作ったから、みんなも食べていいぞ」

俺は、食べやすい大きさに切り分けたパウンドケーキとフロランタンを振る舞えば、リゥイやザクロ、プランたち妖精が一斉に食べ始める。

フロランタンは硬めのお菓子で、妖精たちの体格と相まって食べづらそうなので更に小さく砕いて渡せば、美味しそうに食べ始める。

『『『あまーい！　おいしー！』』』

硬めのお菓子であるフロランタンの食感とカラメル層の甘さとほろ苦さに、美味しい美味しいと嬉《うれ》しそうに食べている。

ただ、少し問題もあり――

『プランの方が大きくない？』

『絶対に大きい、一人だけズルい！』

『もっと大きいの食べたーい！』

「そ、そんなことないぞ！　あたいのだってみんなと同じだから！」

妖精たちが食べやすいように砕いた時に、フロランタンの大きさが不均等になったようだ。

その中からイタズラ妖精のプランが一番大きな欠片《かけら》を確保したらしく、妖精たちの間で不満の声が上がる。

「フロランタンとパウンドケーキは、味見だからこれ以上はダメだぞ」

『『えー！』』

肩を落とした妖精たちは、しょんぼりしながらも手元にあるフロランタンの欠片をカリカリと大事そうに食べて、笑顔になる。

一方、一人だけ大きな欠片を確保したプランは、優越感に浸るような笑みを浮かべて食べるが、後で他の妖精たちに集中的に追いかけ回されて泣きベソ掻《か》くんだろうなぁ、と想像できてしまう。

それほどに、食べ物の恨みは恐ろしいのだ。

「全く、食べ足りないなら、素焼きの種でもいいか？　それでも十分なおやつになるから」

『『うん、いいよー！』』

素直で元気の良い返事を返す妖精たちにほっこりと癒やされる俺は、残ったサンフラワーの種をフライパンで炒《い》り、素焼きのナッツを作る。

「ふふっ、みんな美味しそうに食べてくれますね。お茶が入りましたよ」

「キョウコさん、ありがとう。休んでお菓子の味見をしていいよ」

少し行儀が悪いが、フライパンで種を炒りながら、紅茶を飲みフロランタンを摘まむ。

クッキー生地と種の食感、それにカラメルの甘さとほろ苦さが美味しく、思わず目を細めてしまう。

そんな俺に、キョウコさんが声を掛けてくる。

「ユンさん。ずっと根を詰めていたようですけど、気分転換になりましたか？」

「あははっ、キョウコさんに心配されてたか。お菓子作りは、気分転換になって楽しかったよ。こうして結果が見えるからね」

延々と試薬に素材を投入して、変化を探す作業には終わりが見えなかったが、お菓子作りはこうした終わりと結果が分かって楽しい。

「さて、サンフラワーの種の素焼きの完成だ。気軽に食べてくれよ」

焦がさないように炒った種の粗熱を取り、深皿の容器に移してリゥイとザクロ、それにプラン率いる妖精たちの前に差し出せば、一斉に群がり、ポリポリと食べ始める。

その様子に、俺とキョウコさんはクスクスと笑い、自分たち用に確保した素焼きの種を一粒ずつ口に運ぶ。

「あー、このポリポリ感、癖になるなぁ……止《や》められない」

「そうですね。種を炒っただけでも美味しいですし、フロランタンもカラメルの表面が焦げてアメ状の光沢が綺麗《きれい》ですよねぇ」

キョウコさんはそう言いつつ、フロランタンを大事そうに食べている。

そんなキョウコさんの言葉に、ふと自分の中の何かが刺激される。

「……炒る……焦がす……焼く……」

「ユンさん？」

キョウコさんが不思議そうに小首を傾《かし》げる中、俺は一人自分の考えに没頭する。

多くの素材は、直接燃やすとそのまま消滅する。

その他の素材の反応としては、鉱石系のように溶けてインゴットに変わったり、魔竹木のようにバンブー・ファイバーという繊維素材を残す。

他にも木材系の素材を適正な温度と時間で燃やせば、炉の火力を一時的に強化する炭になり、【神秘の黒鉱油】のように激しい燃焼や爆発を引き起こすアイテムもある。

そのために、生産の場では直接燃焼させて反応を引き出すことはないが……

「消滅すると思って確かめなかったけど、一通り調べてみるか！」

「ユンさん、何か思い付いたようですね」

「キョウコさん、ありがとう！　また、工房部に籠るね！」

俺は、手早くお菓子作りに使った道具を片付けると、再び【アトリエール】に籠り、魔導炉の炎で素材を焼いていく。

「時間が勿体《もったい》ないなぁ。全部調べるんじゃなくて、砂漠エリア周辺の素材に限定してやってみるか！」

俺の手持ちの素材を調べるにはまた三日も掛かるために、当たりを付けてアイテムを燃焼させていく。

ほとんどのアイテムは燃えて消滅してしまうが、一部の素材は燃焼することで別のアイテムに変化した。

「まさか、化石を焼くことで白い粉のアイテムに変わるのか……」

それにアイテム名も未鑑定の化石から【故も分からぬ太古の残滓《ざんし》】と言うなんとも詩的な名前に変わった。

呼びづらいので、焼いた化石と呼ぶことにするが、元々鑑定されることでランダムで別のアイテムに変化する物だったので、この変化には少し驚いた。

他にも骨系アイテムを骨粉に変えて焼成すれば骨灰と言うアイテムに、海藻系アイテムの【シーサイドキャビア】を燃やせば、【アッシュソルト】と言うアイテムに変わった。

骨灰とアッシュソルトのフレーバーテキストを読む限り、どちらも陶器やガラス細工にも使える素材らしく、アッシュソルトのフレーバーテキストにはミイラ作りの乾燥剤としても使われていた、などと書かれていた。

「とりあえず、変化したこのアイテムも試してみよう」

焼成したことで変化したアイテムを、改めて試薬に加えて反応を確かめていく。

そして、結果は——

「よし、よし！ 成功だ！ 焼いた化石とアッシュソルトに反応した！」

三種類中、焼いた化石とアッシュソルトの二種類が、【太陽神の落涙】と【破壊神の息《い》吹《ぶき》】の両方の試薬で反応を見せた。

ただ、その二種類の試薬に焼いた化石とアッシュソルトを加えると激しい発熱が見られるために【太陽神の落涙】の方では軽い爆発を引き起こし、【破壊神の息吹】は激しい発熱で気化してしまった。

「液体と混ざると発熱するなら先に水と混ぜて、熱を放出させないとな」

次は、反応のあった二つの素材をそれぞれ蒸留水に溶かし、発熱が止まって冷ました溶液に改めて二つの試薬を加える。

試薬の入る試験管の中では、ゆっくりと変化が起こりはじめるが、【太陽神の落涙】の方は乳白色の液体の層ができ、冷やしている【破壊神の息吹】では白い結晶が育ち始め、それが底の方に溜《た》まっていく。

「結晶化するのは、【破壊神の息吹】の方かぁ。【太陽神の落涙】の方も一応、分離できなくはないけど、結晶の方が取り出しやすいな」

【太陽神の落涙】の方も冷やすことで乳白色の液体の層が結晶化するが、その量は【破壊神の息吹】で採れる結晶の量より少ない。

そうして俺が取り出した乳白色の結晶は、【デュナミス結晶】と言うアイテムだった。

結晶化した新たな素材自体は、火や衝撃を与えても燃えたり、爆発せず、非常に安定した中間素材らしい。

また、変化のある素材を調べるために、粉末状にした【デュナミス結晶】に様々な素材やアイテムを混ぜ合わせる。

【デュナミス結晶】ができたことで作業が一歩進んでいるのを実感しつつも、根を詰めて実験するのではなく、空いた時間に少しずつ調べていく。

途中、リゥイたちと共に【神秘の黒鉱油】を採りに砂漠エリアに出向いたり、ライナとアルのアクセサリー作りに備えて【装飾師】のセンスのレベル上げに励んだりしながら息抜きをする。

その結果、一週間後には湿地エリアのムーア・フロッグからドロップする蛙《かえる》の胃袋と粘菌スライムからドロップする強酸性ゼリーから作られるダメージ・ポーションに【デュナミス結晶】を溶かすことで新たな攻撃用ポーションが完成した。

ニトロポーション【消耗品】
HPダメージ【－7500（±500）】

「なに、これ……凄《すご》い威力が上がってるんだけど……」

ポーション名の頭に付いているニトロとは、ダイナマイトで有名な爆薬のニトログリセリンを想起させる。

ゲーム的には、とてつもない威力を秘めた爆薬ポーションらしい。

それにこれは試作品であるために作製過程を改良すれば、更に威力が上がる可能性もあり、ちょっと引き気味になる。

「ええっと……できたはできたけど、……これ、とりあえず実験するか」

ニトロポーションができたが、アイテムのステータスだけでは正確なスペックが把握できない。

ダメージポーションのようなチクチクと地味な強酸のスリップダメージを与えるタイプか、【太陽神の落涙】のように炎ダメージを与えるか、それとも【破壊神の息吹】のような単純な爆発ダメージが強いアイテムか。

俺は、前回も実験した個人フィールドの一角で同じ着火装置を使い、10メートルの離れた場所からフラスコ内のニトロポーションを着火しようとする。

「距離よし、準備よし……それじゃあ、いくぞ。――着火！」

前回と同じく雷石を砕いた直後、耳を劈《つんざ》くような爆音が響き、真横から押しつけるような衝撃が俺の体に掛かる。

反射的に身構えて踏ん張った俺だが、爆発後にしばし何が起こったのか理解できず、青い空を見上げて現実逃避してしまう。

そして、正気に戻ると共に爆心地を見に行けば、地面の草が禿《は》げて焦げていた。

「……これ、とんでもない威力。流石《さすが》、ニトロ……」

10メートルの距離が離れていてもこちらの体に掛かる衝撃は、魔法使いたちの上級魔法に匹敵するものだと感じた。

実際に見たことはないが、ダイナマイトを爆発させたらこんな感じなんだろう、と思ってしまう。

覚悟していれば耐えられるが、あまりの高威力に逆に自爆しかねない使いづらさがあることにまた頭を悩ませるのだった。

四章　ダメージ制限と無機洞穴《むきどうけつ》

だだっ広い個人フィールドの草地に片膝を突く俺は、そこそこの大きさの石を取り出す。

そんな石の上に、ニトロポーションから取り出した雫《しずく》を一滴だけ垂らして、鍛冶で使うハンマーを軽く振り下ろす。

ハンマーの衝撃で――パンと言う軽い爆発音が響き、振り下ろしたハンマーの下では石が粉々に砕けていた。

「凄い衝撃だったなぁ。でも……」

そう呟《つぶや》きながら俺は、目の高さに掲げたニトロポーションの中身を揺するように振るう。

「ポーション瓶の中にあれば、爆発はしないって、ファンタジーだよなぁ」

引火の必要もなく、軽い衝撃だけでも爆発を引き起こすニトロポーションは、瓶に入ったままなら雑に扱っても爆発を引き起こさない。

引火させるような火花やポーション瓶が割れるほどの衝撃が加わることで、ニトロポーションが上級魔法に匹敵する爆発を引き起こすのだ。

とは言っても、これはあくまで目算である。

「どのくらいのダメージが出て、実践でも使えるか試さないとなぁ。さて、どうやって調べるか」

ニトロポーションの実験で手頃な敵MOBや正確なダメージを計算する方法が欲しい。

俺の手元には、試作品のニトロポーションが30本しかないが、素材自体は比較的容易に集まり、大変なのは複雑な加工手段だ。

だからと言って、使い勝手などを調べるためにニトロポーションを無駄遣いしたいわけでもない。

「うーん。ミュウたちが持っているモノリスやモンスター図鑑が借りられたらなぁ……」

モノリスやモンスター図鑑とは、海賊王の秘宝の一種である【モノリス・カリキュレーター】と【戦士の追憶】という名のモンスター図鑑だ。

モノリスの方は、真っ黒な壁に攻撃を加えると正しいダメージを測ることができ、モンスター図鑑の方は、今まで倒したことがあるMOBの情報とその幻影を生み出して戦うことができる機能がある。

これらを使えば、フィールドや遭遇状況などの不確定要素を排除してアイテムの性能を調べることができる。

「ミュウたちは、別のＶＲゲームをやっている最中だし……他に借りられるのは、セイ姉《ね》ぇたちかなぁ」

セイ姉ぇやミカヅチたちのギルド【ヤオヨロズ】なら、以前に【戦士の追憶】を使わせてもらったし、きっとモノリスもあるだろう。

俺は、早速セイ姉ぇに連絡を入れてみる。

「セイ姉ぇ、ちょっと相談があるんだけど、いいかな？」

『ユンちゃん？　いいわよ。なにかしら？』

セイ姉ぇとフレンド通信が繋《つな》がり、俺は、新しく作り出したニトロポーションの性能検証のために【ヤオヨロズ】のモノリスとモンスター図鑑を借りたいことを伝える。

『なるほど……。ギルドの招待状があるユンちゃんなら、設置してあるモノリスとかを自由に使えるわ。でも、うちで検証していいの？』

「うん？　なにか問題でもあるの？」

【ヤオヨロズ】の施設を借りられるなら、それに越したことはないが、セイ姉ぇの方には心配があるようだ。

『【ヤオヨロズ】は大手ギルドだから人の目が多いでしょ？　人目に付かない方がいいんじゃないかと思って』

「ああ、なるほど。別に知られても問題ないと思うよ」

見られたからと言って、ニトロポーションのレシピが分かるわけでもない。

もしも、実験を見てニトロポーションを作って欲しいと言われたら困るが、そこは【ヤオヨロズ】の生産職の面々にレシピを自力開発してもらいたい。

きっと、ミカヅチもそちらの方を望むだろう。

『わかったわ。それなら、私もユンちゃんの実験に興味があるから見学してもいいかしら？』

「問題ないよ。むしろ、セイ姉ぇの感想とかを教えて欲しいな」

『それじゃあ、前にユンちゃんが【戦士の追憶】を使った訓練所で待ってるね。……あっ、私もユンちゃんにお願いがあって、私とミカヅチの分の【完全蘇生《そせい》薬】が欲しいから10本ずつ売って欲しいな』

「了解。持っていくね」

セイ姉ぇとのフレンド通信を終えた俺は、セイ姉ぇに頼まれた【完全蘇生薬】を持って【ヤオヨロズ】のギルドホームに向かう。

【ヤオヨロズ】のギルドホームを訪れた俺は、入り口近くにある転移オブジェクトからギルドエリアに転移し、そこから訓練所を目指す。

訓練所には、何組かのギルドメンバーたちがモノリスに攻撃を加えてダメージを競い合ったり、プレイヤー同士のＰＶＰ《プレイヤー・バーサス・プレイヤー》で訓練したり、【戦士の追憶】で呼び出した敵ＭＯＢの幻影を相手に戦闘している。

そんな訓練所の端に居たセイ姉ぇとミカヅチが俺に気付き、声を掛けてくる。

「ユンちゃん、いらっしゃい。それとごめんね。ちょうど今、モノリスと【戦士の追憶】の両方が埋まっちゃってるの」

「俺は、急いでないから平気だよ。それより、頼まれていた【完全蘇生薬】を持ってきたよ」

「これが【完全蘇生薬】かぁ。まだ高いけど保険として持っておきたかったんだよなぁ」

嬉《うれ》しそうなミカヅチは、セイ姉ぇと共に【完全蘇生薬】を10本ずつ購入し、二人合わせて2000万Ｇ支払ってくれる。

流石、大手ギルドのツートップのセイ姉ぇとミカヅチは、お金があるなぁと思ってしまう。

「それで？　新しいアイテムを作ったって言うけど、今度はどんなアイテムなんだ？」

ミカヅチが興味深げに聞いてくるので、俺はニトロポーションを取り出して二人に見せる。

「これがニトロポーションって、新しい攻撃用のポーションだよ」

「ふぅ～ん。それは魔法薬とはどう違うんだ？」

「それをこれから調べるところだよ」

ミカヅチがしげしげとニトロポーションを見つめて質問を投げ掛けてくるが、俺としてはそれを調べるためにここに来たのだ。

「ユンちゃん。モノリスと【戦士の追憶】が空いたみたいだから、確保しておいたわ」

「セイ姉ぇ、ありがとう。それじゃあ、行ってくるな」

俺は、ニトロポーションを摑《つか》んでモノリスの前に立ち、大きく振りかぶる。

投擲《とうてき》系のセンスがないために、投げられたポーション瓶に勢いはない。

だが、生産職としてのＤＥＸの高さから狙い違《たが》わず、モノリスのど真ん中にニトロポーションがぶつかる。

ぶつかった衝撃でポーション瓶が割れると共に爆発を引き起こし、その爆音で【ヤオヨロズ】の訓練所に居たプレイヤーたちが手を止めてこちらを振り返る。

そして、モノリスの上部に浮かぶダメージカウントには――『７２００』のダメージが表示される。

その後も何度かモノリスにニトロポーションを投げれば、アイテムのステータスの範囲内でダメージが収まっている。

「うん。大体、カタログスペック通りって感じかな。次は、同じようなHPのMOBに使ってみるか」

今度は、【戦士の追憶】から何種類かのMOBを選択して1体ずつに、ニトロポーションを使ってみる。

物理耐性があるMOB、魔法耐性があるMOB、打撃耐性があるMOB、耐性がないMOBなどで討伐までのニトロポーションの使用本数を調べる。

その結果、摩訶不思議《まかふしぎ》な現象に遭遇した。

「なるほど……ニトロポーションは、打撃系物理攻撃アイテムか」

ニトロポーションは、EX《エクストラ》スキルの【魔力付与】などを使っていないために魔法薬ではなく、純粋な物理系の爆発を引き起こすアイテムであることが分かった。

魔法薬は、属性ダメージに加えて様々な副次的な効果を持つのに対して、ニトロポーションは物理ダメージであるために魔法耐性などがある敵MOBにも有効な攻撃アイテムとして棲《す》み分けができるが――

「でも、おかしい……敵MOB相手だと、ダメージが下がっている」

カタログスペック上であれば、ニトロポーション1本で倒せる敵MOBがHPの1割しかダメージを与えられなかったのだ。

それも何度か試しても、ダメージが綺麗《きれい》に1割しか受けないのだ。

他のMOBの幻影を生み出して試せば、似たようにある一定ラインまでしかダメージが入らない。

そんな現象を前に困惑する俺に、セイ姉ぇとミカヅチが近づき声を掛けてくる。

「凄《すご》い破壊力、かなり強力な攻撃アイテムを生み出したみたいね」

「でも、勿体《もったい》ねぇなぁ。アイテムのダメージ制限に引っかかってやがる」

「アイテムの、ダメージ制限？　ってなんだ？」

俺が振り返り、セイ姉ぇとミカヅチに尋ねると二人は教えてくれる。

「ユンちゃん。アイテムのダメージ制限ってのは、攻撃アイテムで一度に与えられるダメージの限界みたいなものね」

「嬢ちゃんも考えても見ろ。爆弾を大量に集めて纏《まと》めて爆破させれば、計算上はどんなボスでも一撃で倒せることになる。それを防ぐためにMOB毎《ごと》に設定されているのが、ダメージ制限なんだよ」

アイテムは、お金での購入や他のプレイヤーからの譲渡によって入手することができる。

そうして手に入れた攻撃アイテムで格上のMOBを簡単に倒せてしまったら、ゲームが成立しなくなる。

それを防ぐために、敵ＭＯＢが攻撃アイテムで一度に受けるダメージに制限が設けられているのだ。

「数を倒す必要がある雑魚《ざこ》ＭＯＢに関しては、ダメージ制限が緩いけど、ボスＭＯＢなんかは厳しい面があるな」

「一応、プレイヤーの攻撃にもダメージ制限はあるけど、センスを育てる労力があるから、その分だけアイテムのダメージ制限よりも高めに設定されているのよね」

セイ姉ぇは、【遅延】センスにより発動させた魔法を一時的に待機させて、一度に大量の魔法を放って大ダメージを与えることを得意としている。

そのため、短時間に連続で攻撃を当てる連鎖《チェーン》ボーナスによって到達するダメージ制限について詳しいのだろう
「へぇ、なるほど。そうなるとニトロポーションは、実際のダメージより低いってことになるのか……」

破壊力は凄いが、ダメージ制限があるために、実は見かけ倒しだった。

その事に気付いて肩を落とす俺に、セイ姉ぇが困ったように微笑《ほほえ》みながら慰めてくれる。

「ユンちゃん。確かにニトロポーションは、ダメージ制限に引っかかっちゃうけど、一概

に使えないアイテムじゃないわよ。部位破壊で有効なことがあるのよ」

「そうだな。確かに敵MOBのHPに入るダメージに制限はあるが、外殻とかの部位毎の耐久度にはきっちりとダメージが入るんだ」

「部位破壊？　それってどういうこと？」

部位破壊は漠然とだが知っているが、訳が分からずに首を傾《かし》げる俺に、再びセイ姉ぇが説明してくれる。

部位破壊とは、敵MOBの特定の部位に攻撃を集中させることでその部位を切り落としてその後の戦いを優位に進めたり、逆に部位を破壊することでより強化されたりする現象だ。

例えば、MOBには部位毎にダメージの通りやすさが異なり、ダメージの通りが悪い破壊可能な部位にダメージを与えたとする。

すると、破壊可能な部位に攻撃が軽減されてHPにダメージが入らなかった。

だが、完全に無駄な攻撃と言う訳ではなく、軽減した部位にはその分のダメージが蓄積している。

そして、一定以上のダメージが蓄積するとその部位が壊れるのだ。

「嬢ちゃんのニトロポーションは、ダメージ制限が掛かるほどの高威力爆発を引き起こす。

なら、部位破壊に特化した攻撃アイテムっていう風に考えられるよな」

そう説明された俺は、なるほど、と納得する。

以前、地底エリアの大型ＭＯＢを大勢で攻撃して【溶融石】を手に入れたが、これを使えば、更に楽に手に入れられるかもしれない。

「他にもダメージ制限ってのは、あくまでＨＰに与えるダメージを抑えるもので、オブジェクトへの攻撃や一定ダメージを与えると怯《ひる》んで行動を中断する敵ＭＯＢなんかには有効だったりするわ」

どうやら、オブジェクト破壊やダメージによる敵の行動阻害にも有効らしい。

ダメージ制限が掛かっていても、裏で超過分のダメージがきちんと計算されており、完全には無駄になっていないようだ。

「部位破壊できるＭＯＢの中には、部位破壊後でしかドロップしないレアアイテムがあるのよねぇ……。だから、戦い方を工夫しないと、絶対に手に入らない物もあるのよ」

セイ姉ぇとミカヅチからは、次々と俺が予想しなかった使い方を提示され、目から鱗《うろこ》が落ちる思いだ。

流石《さすが》、最大手ギルドのトップ二人である。

「それで今、私らが考えている有効な相手ってのが、二つ思い付く」

「ニトロポーションが有効な相手……」

もはや、うんうんと相槌《あいづち》を打つ俺は、ミカヅチの話に聞き入っていた。

「一つは、火山エリアの【鬼人の別荘】。その裏門に通じるエリア【無機洞穴】の敵MOB全般だ」

「あそこかぁ。俺との相性が悪いんだよなぁ……」

俺がその場所を聞いて、軽く顔を顰《しか》める。

【無機洞穴】は、壁や天井に水晶のような結晶が生えた洞窟エリアで、出現するMOBも全身に結晶を纏い、斬撃や刺突耐性、魔法耐性を持つためにとにかく硬いMOBが多い。

弓系センスの攻撃のほとんどが刺突攻撃に分類されるため俺との相性が悪く、【無機洞穴】で採掘できる【結晶柱《けっしょうちゅう》】などの素材は、エリア入り口付近の採掘ポイントでも入手できる。

そのために、今までは無理に奥まで行くことがなく、攻略を放置していた。

「それともう一つは、ソロ限定クエスト【修業！　ガンフー師匠】で使うのも良いかもな。報酬は、プレイヤーなら絶対に取りたいタイプのやつだから」

「絶対に欲しい報酬……ミカヅチが言うなら、相当な報酬だよな」

緊張にごくりと唾を飲み込み、どんな報酬なのかと二人の話に聞き入る。

「そのクエストは、NPC《ノン・プレイヤー・キャラクター》のガンフー師匠と一騎打ちするんだけど、戦いの進行段階に応じて報酬が貰《もら》えるんだ。そんなガンフー師匠には、防がれづらい爆破攻撃とかが有効なんだよ」

「なるほど、だから爆発するニトロポーションが有効だと？」

俺が聞き返すと、その通りとミカヅチが頷《うなず》き、続きを語る。

「そんなガンフー師匠と最後まで戦うと報酬で、アクセサリー装備容量が一つ増えるんだ」

「……アクセサリー装備容量の増加って、システム系の報酬⁉」

システム系の報酬とは、センス拡張クエストのようなゲームのシステムに関わる部分で強化が施される報酬のことだ。

「確かに、全プレイヤーが欲しい報酬だなぁ。最近、新しいアクセサリーを作って装備容量がちょっと心配なんだよなぁ」

重量の重めな【神鳥竜のスターバングル】を装備しているために、残りの装備容量が4しかない。

砂漠エリアのように、重量3の耐熱装備のマントと重量2の遮光ゴーグルが同時に必要な環境になると、アクセサリーを状況に応じて付け替えなければいけない。

「それにガンフー師匠との戦いの第二段階を乗り越えると貰える報酬の強化素材――【錬磨の秘奥《ひおう》書】は、ユンちゃんと相性がいい【補助スキル強化（中）】の追加効果が手に入るのよ」

【補助スキル強化】の追加効果は、ダメージや状態異常《バッドステータス》の発生しない補助的なアーツやスキルの効果量を上げる。

例えば、エンチャントやカースドなどの強化と弱体化や、《ストーン・ウォール》などの防御魔法の耐久度、《マッド・プール》なんかの行動阻害、《キネシス》や《ライトウェイト》なんかの行動補助の効果時間が強化されるのだ。

最近作った【神鳥竜のスターバングル】に移し替えた【強化効果上昇（中）】は、自分に掛かるスキルやアイテムのバフ効果を強化する効果がある。

対する【補助スキル強化】は、自分と他者に掛ける補助スキルを強化でき、自分に掛けた場合には、【強化効果上昇】の追加効果と重複するために、相性がとてもいい。

「それで！　どこに行けば、そのガンフー師匠ってNPCに会えるんだ!?」

装備容量増加の報酬がなくても、ぜひとも欲しい報酬であり、セイ姉ぇの話を聞いて食い気味に聞く俺に、ミカヅチがニヤリと愉快そうに笑う。

「【無機洞穴】を抜けた先の断層街って町中の道場だよ」

「だはぁ～、結局、【無機洞穴】を攻略しないといけないのかぁ。面倒くさいなぁ」

大きく息を吐き出し空を見上げる俺に、ミカヅチがククッと喉を鳴らして笑い、セイ姉ぇもクスクスと控え目に笑っている。

「ユンちゃん。私たちが手伝ってあげるわよ」

「まぁ、断層街まで行く手伝いはできるけど、クエストはソロ限定だから、結局は自分の力で達成しないといけないけどな」

「その……断層街までよろしくお願いします」

セイ姉ぇとミカヅチの申し出を有り難《がた》く受け入れた俺は、二人に深々と頭を下げて、三人で断層街に向かうのだった。

●

【ヤオヨロズ】のミニ・ポータルから火山エリアの【鬼人の別荘】に転移した俺たちは、そのまま裏門から【無機洞穴】の方に抜けようとする。

「そう言えば、ここのボスを倒した時もセイ姉ぇとミカヅチと一緒だったなぁ」

俺がそう呟《つぶや》き、【鬼人の別荘】の裏門を守るレッド・オーガとブルー・オーガを横目で見る。

心なしか二体の鬼が恨みがましそうに睨《にら》んでくる気がして、そっと視線を外す。

エリアの境を遮るボスMOBは、一度でも倒せばノンアクティブになり襲ってこなくなるのは分かるが、今にも襲ってきそうな圧力をひしひしと感じる。

「前にボス周回して何度もボコボコにしたから、恨まれてないよなぁ」

「ん？　あのオーガたちは、いつもあんな感じだろ。それより行くぞ」

俺の気のせいだと言うミカヅチに従い、【鬼人の別荘】の裏門を通過すれば、【無機洞穴】に入る。

【無機洞穴】の壁や天井には、クラスター状の結晶がびっしりと生えており、それが仄《ほの》かな光を宿して洞窟全体を照らしている。

その一方で――

「ううっ、寒っ！」

「【無機洞穴】は、寒冷環境だからな。今のうちに耐寒装備に替えておけよ」

セイ姉ぇとミカヅチもすぐに耐寒装備の冬服に着替えたために、俺も冬服装備を引っ張り出し、装備センスも調整する。

所持SP《センス・ポイント》57
【魔弓《まきゅう》Lv42】【空の目Lv45】【看破Lv51】【剛力Lv20】【俊足Lv42】
【魔道Lv47】【大地属性才能Lv35】【調薬師Lv43】【料理人Lv28】
【付加術士Lv25】【念動Lv20】【寒冷耐性Lv1】
控え
【弓Lv55】【長弓Lv46】【装飾師Lv16】【錬成Lv20】【調教師Lv24】【泳ぎLv26】
【言語学Lv29】【登山Lv21】【生産職の心得Lv42】【潜伏Lv13】【身体耐性Lv5】
【精神耐性Lv15】【急所の心得Lv20】【先制の心得Lv21】【釣りLv10】
【栽培Lv24】【炎熱耐性Lv12】

今回、閉鎖的な洞窟内でニトロポーションを使うために、爆発の余波に巻き込みかねないリゥイたちはお休みである。
リゥイたち使役MOBを呼び出す【調教師】の代わりに、【調薬師】のセンスを身に着ける。

セイ姉ぇとミカヅチに教えてもらったが、【投擲《とうてき》】系センスに比べれば微々たる効果であるが、【調合】系センスの副次的効果には、アイテム投擲時の命中補正や攻撃アイテムのダメージ補正の他に、アイテムのダメージ制限のラインを少しだけ押し上げる効果もあるらしい。

「さぁ、装備変更が済んだなら、先に進むぞ」

「わ、分かってるよ」

そして、俺たちはミカヅチを先頭に【無機洞穴】を進んでいく。

【無機洞穴】は、火山エリアの上部から降りていくために下り道が続く。

また、地面から水が染《し》み出し、硬い地面の上に砕けた水晶が砂利のように散らばっているので下り道と合わせて、滑りやすく足場が悪い。

エリアの構造自体が、無数の通路が枝分かれしており、その先に繋《つな》がる広い空洞で敵MOBが待ち構えていて戦闘が行われる。

【無機洞穴】全体の足場の悪さと通路の狭さのために、今回はリゥイたちを呼び出さなくてよかったと思う。

「なんか、こうも道が分かれていると、迷いそうだな……ボスの所に辿《たど》り着けるのか？」

「ユンちゃん、それは心配ないわ。このエリアは、傾斜に沿って進めば、大体ボスの居る場所に辿り着けるのよ」

水が染み出て流れる足下に注意しながら進んでいくと、最初の空洞に辿り着く。

「ルチル・ヘッジホッグだな」

通路から結晶に覆われた広い空洞に出た俺たちが見たのは、背中から放射状に結晶化した針を伸ばしたハリネズミ型のＭＯＢだった。

壁際《かべぎわ》で水晶クラスターを齧《かじ》っていたルチル・ヘッジホッグが何体か居《お》り、こちらに気付いて威嚇して襲ってくる。

「さぁ、こんなところで足止めされるわけにもいかないし、サクッと倒していくぞ！」

「了解！《付加《エンチャント》》――アタック、ディフェンス、スピード！」

俺は、三重エンチャントをミカヅチに施し、ルチル・ヘッジホッグたちとの戦闘が始まる。

ルチル・ヘッジホッグたちは、駆け出した勢いのまま体当たりしてくる。

背中に生える尖《とが》った水晶の先端をぶつけるような体当たりを避《よ》けた俺たちは、反撃を仕掛ける。

「はぁっ！――《六連旋打》！」

「――《アイス・ランス》《アクア・バレット》！」

「いっけぇ！　――《弓技《きゅうぎ》・一矢縫《いっしぬ》い》！」

回避と共に、即座に近くのルチル・ヘッジホッグにアーツを放つ。

だが、ルチル・ヘッジホッグは、その場で短い手足を丸めて背中で攻撃を受け止める。

俺の弓の一撃は、刺突攻撃であるために硬い結晶に覆われた背中では攻撃の通りが悪い。

一方、ミカヅチの打撃アーツとセイ姉ぇの魔法の連射を受けた個体は、みるみるＨＰを減らしていく。

『チュウウウウッ――！』

だが、ルチル・ヘッジホッグも、ただやられるだけではない。

背負った結晶体が輝き、弾《はじ》けるように結晶の針がこちらに放たれてくる。

「うぉっ！　それも飛ばせるのか！　――《ストーン・ウォール》！」

俺は、咄嗟《とっさ》に生み出した石壁で、その攻撃を防ぐ。

「それに弓矢がダメなら――《エクスプロージョン》！」

背中の結晶を飛ばした直後、石壁の陰から飛び出した俺は、土魔法を発動させる。

『チュウウウウッ――！』

【空の目】のターゲティング能力で、結晶の覆われていない顔面の傍《そば》を爆発させ、ルチル・ヘッジホッグにダメージを与える。

「まだまだ！　──《アースクエイク》《魔弓技《まきゅうぎ》・幻影《げんえい》の矢《や》》！」

俺が片膝を突いて片手を地面に付け、ルチル・ヘッジホッグの足下を激しく揺らす。

揺れで足を止めた直後、地面が激しく隆起してルチル・ヘッジホッグを高く突き上げ空中に飛ばす。

俺は、片膝を突いた体勢から空中に飛ばされたルチル・ヘッジホッグの柔らかい腹部を狙い、強力な矢とそれに追従する５本の魔法の矢を放ち、ＨＰを減らす。

『チュウッ……』

最後に、地面に落ちた落下ダメージでＨＰが無くなり、光の粒子となって消えていく。

「ふう、滅多に使わない魔法を使ったけど、上手《うま》くいった。一対一なら、負けなくはないかな……」

少し相性は悪いが、体勢を崩すなどして弱点を狙う工夫をすれば倒せなくはないと思い、辺りを見回す。

既にセイ姉ぇとミカヅチは、相対していたルチル・ヘッジホッグを倒し終え、こちらの様子を窺《うかが》っていた。

「二人とも、先に倒し終えたなら、手伝ってくれても良かったのに」

「ユンちゃんが集中して戦っているところを邪魔するのは、悪いかなと思って」

「【無機洞穴】のＭＯＢとちゃんと戦えるか見たくてな。見た感じ問題なさそうだ」

そう言って、ミカヅチは上機嫌に洞窟の先に進んでいく。

下り道が続く足場の悪い通路を進み、何度か広い空洞で他のＭＯＢとも遭遇した。

カマキリのように折り曲げた腕を伸ばして強烈なパンチを浴びせ、ラストアタックに強力な近接攻撃を放ってくる――玉砕シャコ。

胸部に黄色い水晶玉の核を持ち、両腕の巨大水晶を振り回し、錐《きり》状の両腕の先端から放電する――クリスタル・ゴーレム。

途中、【ニトロポーション】も使って戦えば、アイテムのダメージ制限で1割程度しかダメージは与えられないが、体に纏《まと》う結晶体や外殻を破壊して弱点を露出させることができた。

そんな防御力の高いＭＯＢたちを相手にしながら、順調に【無機洞穴】を進んでいく。

「ユンちゃん、なんだか嬉《うれ》しそうね」

「だって、今まで来ることなかったエリアの素材が一気に手に入ったから！」

火山エリアの影響でまだ寒さの感じない【無機洞穴】の入り口付近は、採掘しに来ることはあるが、ＭＯＢを倒すことはなかった。

ルチル・ヘッジホッグからは、ルチルパウダーがドロップする。

これは、メッキや被膜処理に使い、武器の表面に塗布すると火属性ダメージを軽減する効果を持つ。

玉砕シャコからは、カニとエビを合わせたようなプリッとした身がドロップする。

食材系アイテムであるために、刺身に寿司《すし》ネタ、天ぷら、パスタなど様々な料理に使える。

最後にクリスタル・ゴーレムからは、通常ドロップとしてクォーツやアメジストなど、様々な水晶系の宝石アイテムがランダムでドロップし、レアドロップにはクリスタル・ゴーレムの核に使われていた【キトリン放電核】を手に入れた。

【キトリン放電核】を魔法使いの杖《つえ》に使えば、風魔法の威力を向上させる効果を持つ。

露店でも売ってはいるが、こうしてＭＯＢを倒して自力で手に入れたことに俺の気持ちは浮き足立つ。

「あんまり、浮《うわ》ついていると断層街に行く前に、失敗するぞ」

「大丈夫だって！　あっ、採掘ポイント！　ちょっと採掘してくるな！」

「あっ、ユンちゃん、危ない！」

俺が足下を気をつけながら壁際の採掘ポイントに向かうと、何かに気付いたセイ姉ぇの声に足を止める。

「へっ？　うわっ⁉」

頭上の天井から伸びている水晶に気付いた俺は、慌てて下がろうとして、濡《ぬ》れた足場に足を取られて後ろに倒れる。

その直後、俺が近づこうとした採掘ポイントの手前に、巨大な水晶が落ちてきたのだ。

「ユンちゃん、大丈夫？」

「あ、ああ……セイ姉ぇ、大丈夫」

俺が呆然《ぼうぜん》とセイ姉ぇに返事をして、巨大水晶の降ってきた天井を見上げる。

「ほら、立てるか？」

「ミカヅチも、ありがとう」

尻餅をついたままの俺にミカヅチが手を差し伸べ、その手を掴《つか》んで立ち上がる。

「それにしても天井から水晶が落ちてくるなんて、ビックリした……。なんで【看破】のセンスで気付けなかったんだろう」

罠《わな》などの隠された物を発見する【看破】のセンスを装備していたはずなのに、セイ姉ぇに声を掛けられるまで気付かなかった。

その理由をミカヅチが教えてくれる。

「この【無機洞穴】は、火山の上層から下るように移動してきただろ？　それに足下も悪いから、どうしても視線が下に向くんだ」

その結果、天井への意識が疎《おろそ》かになり、気付かずに水晶落下のトラップに巻き込まれるそうだ。

「ほら、少し上を見れば、分かるだろ？」

「あっ、ホントだ。【看破】のセンスに反応する水晶がある。けど、最初から教えてくれても良かったのに」

俺が若干ふて腐れると、セイ姉ぇとミカヅチが困ったように顔を見合わせて笑う。

「確かに教えなかったのは悪かったわ。でも、あの天井の落下水晶を攻撃すると落下を誘発することができるのよ」

「それを利用して真下の敵ＭＯＢにダメージを与えるエリアギミックでもあるんだけど、足場の悪い中でそこまで考えると失敗するからな、黙ってたんだ」

セイ姉ぇとミカヅチの言葉に、確かに滑りやすい状況で敵ＭＯＢを落下水晶の真下に誘導することまで考えていたら、戦闘中に滑って転んでたかもしれない。

「……確かに、そうかもしれない」

「それで、ユンちゃんは、そこの採掘ポイントを掘る？」

二人の気遣いを理解できるが納得できず、ふて腐れた表情のままになるが、セイ姉ぇに採掘ポイントのことを聞かれて静かに頷《うなず》く。

「……掘る。落下水晶に邪魔されたから採掘ポイントを掘らないなんて、勿体《もったい》ない！」

先程の落下水晶に邪魔されてテンションが下がったが、それも忘れて夢中で【結晶柱】を採掘する。

脆《もろ》い素材の【結晶柱】であるが、逆に高攻撃力の使い捨て武器の素材になったり、アクセサリーの装飾素材に使える。

また【無機洞穴】の入り口付近でも容易に手に入るので、宝石の研磨やカットの練習素材としては適しているので、これを機に大量に入手したいのだ。

「【結晶柱】で練習して、いつかダイヤモンドを綺麗《きれい》なカットで仕上げたいな」

そんなことを夢想しながら採掘する俺の後ろ姿を、セイ姉ぇとミカヅチに温かく見守られていることに気付き、少し恥ずかしくなったのは余談である。

●

【無機洞穴】の長く細い通路を降りていくと、ようやく終着点に辿《たど》り着く。

「おっ、水が溜《た》まってる。それに地面が平らになった」

「この先が、このエリアのボスが居る場所よ」

【無機洞穴】全体の地面や壁から染《し》み出していた僅かな水が下り道を通り、この先の広間に溜まっている。

「この先に、ボスが……」

この先のボスを倒して断層街に向かう気でいるが、靴が浸《つ》かるほどの深さの水の中に入っていくのは、嫌である。

この寒い洞窟で、対策なしに水の中に入れば、速度低下や寒冷環境でのスリップダメージを受けることになるだろう。

「広間に踏み込む前に――《ゾーン・ライトウェイト》！」

そんな水場に入る前に俺は、砂地や水場での地形効果を無効化できる軽量化スキルの《ライトウェイト》を全員に掛けて一歩踏み出す。

そうすることで水面に浮かび、平地と同じように歩けるのだ。

「嬢ちゃんは、やることは分かっているよな」

「ああ、開幕と同時に、ニトロポーションをぶん投げる、だな！」

ここに来るまで何度も戦った敵ＭＯＢたちも部位破壊することで防御力を下げて、容易に戦うことができた。

「さぁ、行くぞ！」

ミカヅチの合図と共に、《ライトウェイト》の掛かった俺たちは、薄く張られた水の上を歩き、ボスを目指して進んでいく。

通路の先は、ドーム状に広がっており、その奥に巨大な巻き貝が鎮座していた。

滑らかな巨大巻き貝には、一定間隔で規則的な穴が開いており、貝全体が青色から金色を帯びた美しい真珠光沢を放っている。

そんな巻き貝に俺たちが近づくと、巻き貝が持ち上がり、中から軟体に鱗《うろこ》のような薄い結晶を纏った巨大なカタツムリ型のＭＯＢ――トリディマイマイトがこちらに頭部の触角を向けてくる。

「デカッ⁉　って言うか、遅っ！」

未攻略プレイヤーの俺がいるために、アクティブになって襲ってくるトリディマイマイトだが、その動きはかなり遅い。

そのため既に戦闘状態なのに、どうにも緊張感と言うか、危機感が湧かない。

「この巨大カタツムリは、大きい、硬い、遅いで有名だからね。だから、このボスに挑んだプレイヤーの多くは勝てないけど、負けずに逃げられるのよ」

のっそり、という感じで背中の巻き貝を引き摺《ず》る巨大カタツムリは、遅いために確かに負けそうにない。

むしろ、足下に張られた冷たい水場の寒冷ダメージとの組み合わせの方が、厄介そうだ。

「ほーら、早くニトロポーションを投げて、あの殻をぶっ壊すぞ！」

「ああ、分かった！　いっけぇ！」

ミカヅチに促された俺は、インベントリからニトロポーションを取り出し、思いっきりトリディマイマイトに投げつける。

【調薬師】のセンス補正と高いＤＥＸステータスから投げられたニトロポーションは、狙い違《たが》わず、大きな巻き貝にぶつかって大爆発を引き起こす。

爆発の風圧が俺たちの所まで届き、トリディマイマイトのＨＰを見るが、その減り具合に落胆する。

「くっそぉ……やっぱり、アイテムのダメージ制限に掛かって大したダメージが与えられてない」

【調薬師】のセンスでアイテムのダメージ制限が押し上げられていると言ってもごく僅かで、ＨＰの１％程度しか削れておらず、平気な様子でのっそりとこちらに近づいてくる。

「ありゃ、ダメージ制限じゃなくて、巻き貝の防御力でダメージが軽減されただけだ！　ほら、ありったけのニトロポーションを投げろ！　ＨＰと外殻の耐久度は別だぞ！」

「わかっている、よ！」

俺は、ミカヅチに促されて2本目、３本目とニトロポーションを投げて外殻にダメージを与えていく。

だが、ボスの巨大カタツムリも反撃しないわけではない。

「反撃が来るぞ！　真横に避《よ》けろ！」

「反撃って――うわっ⁉　なんか、飛んできた⁉」

ニトロポーションの爆炎の中心にいる巨大カタツムリのシルエットがモゾモゾと震える。

俺は、【看破】のセンスの反応を頼りに横に飛び退《の》けば、直後に爆炎を切り裂いて何かが俺の真横を通り抜けていく。

引き攣《つ》る表情で恐る恐る振り返ると、背後の壁に薄い結晶の鱗が深々と突き刺さっていた。

「……ひぇっ⁉」

突然の飛来物に、情けない悲鳴を上げてしまう。

「ユンちゃん！　攻撃は直線的だから、横に避けれれば回避できるわ！」

「っ⁉　セイ姉ぇ、分かった！」

ニトロポーションの爆炎が晴れたトリディマイマイトを見れば、軟体を覆う薄い結晶を飛ばして攻撃してきたようだ。

俺は、セイ姉ぇの指示に気を取り直して、真横に走って避ける。

トリディマイマイトは、軟体に纏《まと》った結晶の一部を飛ばしてくる。

近距離では、拡散しきらなかった結晶が複数当たることで大きなダメージを受ける可能性がある。

だが直線的な攻撃は避けやすく、一定距離以上離れていれば飛ばした結晶の鱗が拡散し、単発で当たっても大したダメージを受けない。

「まるで、ショットガンみたいな攻撃だなぁ」

俺は、そうぼやきながらニトロポーションを投げ続ける。

そんな俺のニトロポーションと巨大カタツムリの結晶飛ばしを掻《か》い潜《くぐ》り、ミカヅチとセイ姉ぇもそれぞれ攻撃を放っていく。

だが、二人の攻撃は鉄壁の防御に阻《はば》まれて大したダメージを与えられず、ニトロポーションのダメージでトリディマイマイトからのヘイトが俺に集まり、ターゲットにされる。

『シュルルルッ――』

「なっ!?　今度は、なんだ？」

俺の方にのっそりと向いていたトリディマイマイトが、軟体を巻き貝の中に戻していくのだ。

そして、巻き貝の口から大量の水を放水し、その反動で高速で回転移動を始めるのだ。

「全員、巻き貝と頭上からの水晶に気をつけろ！」

「ちょっとこれは洒落《しゃれ》にならないって！　うぉわぁっ！」

トリディマイマイトの巻き貝がヘイトの高い俺を狙い、回転移動して高速で迫ってくる。

俺は、迫る射線から真横に避ければ、高速回転する巻き貝が通り過ぎ、壁にぶつかって地面が激しく揺れる。

《ライトウェイト》の魔法が掛かっていなければ、足下の水と地揺れが合わさり、それだけで身動きが取れなくなってしまう。

そんな状況の中で、揺さぶられた空洞の天井から次々と水晶が落ちてくる。

「ちょ！　これは、ちょっと危ないって！」

何度もヘイトの高い俺を狙って襲ってくる巻き貝と天井から降ってくる水晶を避ける中、落下で砕けた結晶の破片が俺の体を掠《かす》り、ＨＰを僅かに減らす。

「そろそろ、終われっ！」

巻き貝の回転移動が終わった止まり際《ぎわ》に俺は、７本目のニトロポーションを投げ込む。

その爆破により、トリディマイマイトの巨大な巻き貝に罅《ひび》が入っていく。

パキ、パキッと音を立てながら大きくなる罅に足を止めた俺は、その崩壊が頂点に達し、四方八方に砕け散る様子に歓喜する。

「よし、やった！　って、ぐぇっ⁉」

「ああっ、ユンちゃん⁉　大丈夫！」

四方八方に飛び散った巻き貝の欠片《かけら》が、そのまま俺たちに襲い掛かり、油断していた俺を吹き飛ばして足下に広がる水場に全身で倒れ込む。

「嬢ちゃん……最後まで油断禁物だぞ」

「痛《い》てて……分かってるよ」

俺は、ぐっしょりと濡《ぬ》れた冬服の気持ち悪さに顔を顰《しか》めながら、不機嫌そうにミカヅチに答える。

そして俺は、巻き貝が弾《はじ》け飛んだトリディマイマイトを見る。

巻き貝のない巨大カタツムリは、ナメクジやウミウシと大差ない見た目をしている。

軟体に纏っている結晶の鱗は残っているが、白っぽい体色を怒ったように赤く変色させてこちらに向かってくる。

「さて、これで鉄壁の防御力が無くなった。ここからは、どんどん攻撃を入れてＨＰ削っていくぞ！　はぁぁあっ――《雷炎爆打《らいえんばくだ》》！」

「私も行くわ。――《アイス・ランス》！　一斉掃射！」

巻き貝を失い、巨大な軟体生物となったトリディマイマイトに二人が果敢に攻めていく。

先程までの鉄壁の防御が嘘《うそ》のように、ＨＰが大きく削られていく。

「俺も、こうしちゃいられないな！　――《剛弓技・山崩し》！」

俺もインベントリから弓矢を取り出し、トリディマイマイトの軟体に向けて矢を放っていけば、気持ちがいいほどにダメージを与えられる。

トリディマイマイトも自身を守る巻き貝を壊されても、体に纏う結晶の鱗を飛ばし、頭部の口から激しい水流を放ち、応戦してくる。

それでも結晶飛ばしは巻き貝が壊される前と変わらないために対処方法は変わらず、水流放出も口のある正面に回らなければ範囲攻撃に巻き込まれることはない。

そして、戦闘の中で余裕が生まれると、やりたいことも生まれてくる。

「ミカヅチ！　ミカヅチの居るところから左後方４メートルほどの所にボスを誘導してくれないか！」

「なんか面白そうなことでも思い付いたな！　いいぞ、誘導してやる！　ただし、その前に、ボスを倒しても恨むなよ！」

そう言うミカヅチが更に攻撃を加えてヘイトを稼ぎ、俺が指定した場所までボスを誘導していく。

「行くぞ。――《剛弓技・山崩し》！」

高い天井に無数に生える巨大水晶の内、落下ギミックとして使える物の根元にアーツを放つ。

隕星鋼製《いんせいこう》の矢を番《つが》えた長弓から放たれる強烈なアーツは、天井の巨大水晶の根元に突き刺さる。

だが、それだけでは巨大水晶は落下しないが、それを見越して、矢に籠めた魔法を解放する。

「――【エクスプロージョン】！」

【付加】センスの《物質付加《アイテム・エンチャント》》で付与した土魔法の《エクスプロージョン》を解放し、巨大水晶の根元を爆破したことで、トリディマイマイトの頭上から勢いよく落ちてくる。

『シュルルルルッ――』

巨大水晶の真下にいたトリディマイマイトは、巨大水晶に押しつぶされて、それがトドメとなって光の粒子となって消えた。

「終わったー！　結構、簡単なボスだったかな？」

ボスのトリディマイマイトを討伐し、一息吐《つ》く俺がそう呟《つぶや》くと、セイ姉ぇとミカヅチに注意される。

「ユンちゃん。それは、弱点や攻略法を知っているから言える言葉よ」

「あの巨大カタツムリは、とにかく嫌らしい耐久戦を仕掛けてくるからな」

今回は短期戦で倒せたが、まだ俺たちに見せていない行動パターンが幾つかあったらしい。

一つは、巻き貝の中に籠って、ＨＰの１割を回復する自己回復技。

この技は、巻き貝がある状態で残りＨＰ７割、５割、３割を切るとそれぞれ発動するために、かなり嫌らしい。

もう一つは、頭部の二本の触覚を伸ばし、そこから紫色の波動を放ち、プレイヤーのアーツやスキルを封印してくる。

防御力が高いボスなのに、攻撃手段のアーツやスキルを封印されると、更にダメージを与え辛《づら》くなり戦闘が長期化する。

そうした長期戦の中で、足下の冷たい水との地形ギミックによる常時寒さのスリップダメージと速度低下との組み合わせが嫌らしいと言われる所以《ゆえん》である。

「初見の時は巻き貝を破壊できると知らずに、ダメージの通りやすい軟体を集中的に攻撃するから逆に倒すのが難しくなるんだよなぁ」

その点、今回は、巻き貝の部位破壊を優先したために短期で倒すことができたのだ。

「ささて、巻き貝破壊のお楽しみのドロップは……はぁ、通常ドロップの【結晶蝸牛《かたつむり》の鱗《うろこ》】かぁ」

「私も同じ。今回は残念だったわね」

部位破壊でのみ手に入るドロップアイテムを楽しみにしていたミカヅチだが、狙いが外れて溜息《ためいき》を吐き、セイ姉ぇも同じ物をドロップして苦笑いを浮かべている。

「ちなみに嬢ちゃんは、何が出たんだ？」

「うん？　俺の方は、【結晶蝸牛のホーンスピア】って武器だった」

有名なカタツムリの民謡の『角だせ槍《やり》だせ』の歌詞になぞらえたのか、触覚のように二股に分かれた短槍《たんそう》には、結晶の装飾があしらわれていた。

性能としては、可も無く不可も無いユニーク装備である。

「それは通常の方のレアドロだな、相変わらず運がいいなぁ。私たちの狙っていた【結晶蝸牛の殻皮板】ってアイテムは、他の【魔法防御上昇】系の追加効果を中ランクに引き上げられる強化素材だ」

【魔法防御上昇】系の追加効果は、前衛の壁役《タンカー》に人気が高く、魔法使い同士が打ち合うPVPなんかでも需要のある追加効果らしい。

「だから、ちょっと羨ましいのよね」

そう説明するミカヅチの後にセイ姉ぇは、ドロップしなかったことを残念そうに呟く。

「セイもそう嘆くなって。幸い、ニトロポーションを持つユン嬢ちゃんがいるんだ。前みたいにボス周回して素材を集めればいいだろ？」

「いや、ミカヅチ……やらないからな、ボス周回なんて」

俺がジト目をしながら、ミカヅチの提案を断れば、渋い表情を向けてくる。

実際、トリディマイマイトの巻き貝を破壊するのにニトロポーションを7本使ったが、ボス周回できるほどニトロポーションの残りが潤沢にあるわけじゃない。

ニトロポーションの性能実験や【無機洞穴】の道中ＭＯＢの部位破壊の検証などでも使い、残りは5本しかないのだ。

もう一回挑んだって、ニトロポーションの数が足りないのだ。

「はぁ、残念だな。【ヤオヨロズ】の生産職の面々に発破を掛けて、ニトロポーションの作り方を探らせるか。そのあと、ギルドで大量生産してボス周回に持ち込むか」

本当に残念そうに溜息を吐き出すミカヅチ。

俺の方も、どこかで一度【砂漠エリア】で【神秘の黒鉱油】を補充しないと、と考える。

だが、それよりも俺たちの本来の目的は、【無機洞穴】の先にある新たな街――断層街に辿《たど》り着くことだ。

「まぁ、ボスを倒したことだし、先に進んでユンの嬢ちゃんにポータル登録させないとな」

「ここを出れば、断層崖に辿り着くんだよな。どんな街なんだ？」

「ふふっ、それは見てのお楽しみよ」

ボスと戦った空洞を抜けて三人で【無機洞穴】の出口に向かう中、俺がセイ姉ぇに断層街について尋ねるが、イタズラっぽい微笑《ほほえ》みを浮かべて教えてくれない。

出口に近づけば、【無機洞穴】の寒さがふっと和らぎ、普段の装備に戻して先に進む。

そして、出口を抜けた先には、俺たちが通ってきた【無機洞穴】の火山の裾野と断崖絶壁を遮る浅い河川が広がり、河川には対岸まで続く橋が架かっていた。

橋の繋《つな》がる対岸の向こうに、段々になる絶壁の側面や段差に建つ中華風の朱色の建物に目を瞠《みは》る。

断崖の岩壁も掘って作られた立体的な町並みにただただ圧倒されるのだった。

五章　断層街と榴弾矢《りゅうだんや》

「おおっ、すげぇ……ここが断層街」

俺は、橋の上から断崖に建つ建築物を見上げながら歩く。

断崖の上から落ちてくる水が、段々に形成される町中を通り、また断層から落ちて滝となり川に流れ込む。

断崖絶壁の町並みの細かなところに花や植物が植えられており、断層街の険しい印象を柔らかくしてくれる。

「この岩壁に張り付くような街が【断層街】で、町中を登って断崖の上に出ると、新しいエリアが広がっているらしいんだけど……」

「まだエリアが未実装だから、上に登る道がＮＰＣ《ノン・プレイヤー・キャラクター》に封鎖されて通れないんだよ。実質、ここが端っこだな」

「へぇ～、そうなんだ」

俺は、感嘆の声を漏らしながらセイ姉ぇとミカヅチの言葉に相槌《あいづち》を打つ。

断層街の中華風の町並みを見上げ続けると流石《さすが》に首が痛くなるので、正面を向き直る。

だが、建物だけではなく橋を渡った町中でも、更に俺を驚かせてくる。

「まさか……ケモノ耳だと……」

「断層街の住人の多くは、獣人NPCなんだ。って言うか、嬢ちゃん自身だってケモミミと尻尾が生えてくるのに、なんでそんなに驚く」

俺が獣耳と尻尾を持つNPCを凝視していると、ミカヅチにそう突っ込まれる。

だが、俺の場合は使役MOBのザクロの【憑依《ひょうい》】によってケモミミと尻尾が生えるだけで、本物の獣人になったわけじゃない。

そして、獣人NPCたちから受けた衝撃と感動から正気に戻り、俺はセイ姉ぇとミカヅチの案内で【断層街】のポータルに登録し、一息吐く。

「ふぅ、これで新しい街を登録できた」

「お疲れさん。ついでに、ソロクエストの場所も案内してやるから、試しに受けてみろ」

そう言って、案内してくれるのは、嬉《うれ》しいが何か企《たくら》むようなミカヅチのニヤけ顔に少し警戒してしまう。

そんなミカヅチの様子にセイ姉ぇが困ったように笑い、助け船を出してくれる。

「まぁまぁ、断層街に辿り着いたばかりだし、少し寄り道しながらでもいいんじゃな

い？」

「俺は、セイ姉ぇの意見に賛成！　慌てる必要もない！」

「セイが言うなら、ぶらぶらしながら向かうとするか」

そうして俺は、セイ姉ぇとミカヅチの案内で断層街を歩いて行く。

鮮やかな色使いの断層街外縁の建物とは異なり、断層の岩壁をくりぬいて作られた内部の建物や通路、階段は、地下街めいた感じで張り巡らされている。

そんな断層街内部の入り口を横目に、上下方向に街が広がる断層街を移動するための便利な物も町中にあった。

「なぁ、セイ姉ぇ、ミカヅチ。あれって、エレベーターじゃないのか？」

「おっ、よく分かったな。アレは、町中の滝を利用した水車式のエレベーターだな」

断崖の上から落ちてくる水の力を利用したエレベーターは、各階層で止まるような機能はないために乗り降りにはコツがいるみたいだ。

だが、階段だらけの断層街を徒歩だけで移動するのは、かなり大変そうである。

「とりあえず、乗りながら各階層には何があるか簡単に説明するか」

「了解」

俺は、セイ姉ぇとミカヅチと共にエレベーターに乗り、そこから街の景色を眺める。

「おっ、あのNPCの服装、格好いいなぁ」

「中華風の良さがあるわよねぇ」

ふと俺の目に留まるのは、獣人NPCの一団が広場で武道の型稽古のように一糸乱れぬ動きをしていた。

その服装が中華風の拳法着らしく、キレのある動きが格好良かった。

他にも町中を巡回する派手な鎧《よろい》を着た衛兵や艶のある上品な絹布《けんぷ》で作られた衣装を身に纏《まと》う高貴そうな女性、客引きを行う快活そうなチャイナドレス姿の少女などに目を奪われる。

「私たちがエレベーターに乗った第一と第二階層はNPCの店や施設とかが多いのよ」

「それと、次の第三階層には、ソロクエストを受けられる道場があったり、断層街の中に築かれたダンジョンの入り口があるんだ」

「へぇ……第三階層の上にも階層があるっぽいけど、説明がないってことは何もないのか？」

第一から第三階層までの説明を聞き、そう尋ねると頷《うなず》かれる。

「さっきも言ったとおり、エリアの端っこだからな。今後のアプデ用に場所はあるけど、特に何もないのさ」

だから、次の第三階層でエレベーターから飛び降りることになる。

そんなエレベーターの真っ正面の広場には、断崖の中に続く入り口があり、その手前には断層街のNPCではなくプレイヤーたちが休んでいた。

「あそこが町中ダンジョンの入り口だが、今回は用がないし、ソロクエストを受ける道場に向かうぞー」

ミカヅチは、ダンジョンの入り口をチラ見した後、スタスタと迷い無く第三階層の町中を進んでいく。

そして、程なくして俺たちは、断層の岩壁をくり抜いて作られた道場らしき場所に辿り着く。

「ここがソロクエストの場所か。よし、場所も覚えたし、帰るか！」

場所も確認したことだし、今日は帰ろうと踵《きびす》を返すが、ミカヅチに肩を摑《つか》まれて止められる。

「折角、ここまで来たんだから、試しに挑んで行けって……」

「えー、今か？　マジで？」

セイ姉ぇやミカヅチの助けがあって【無機洞穴《むきどうけつ》】を突破した直後なのに、ソロクエストに挑む意欲が湧かないのだ。

「別に、ガンフー師匠との戦いを最後までできなくても第二段階までクリアすれば、嬢ちゃんの欲しい【補助スキル強化】の強化素材が手に入るんだぞ」

「うーん……分かった、一回だけなら」

ミカヅチに説得されて、それならと渋々と道場の門を潜《くぐ》る。

道場に入れば、思ったより広く、そして天井が吹き抜けになっている。

一緒についてきたセイ姉ぇとミカヅチが道場の観客席に向かう中、道場の奥から二人のクエストNPCが歩いてやってくる。

「我が道場へようこそ。ワシは、この道場の師範を務めるガンフーと言う」

初老のような渋い狼《おおかみ》獣人の男性NPCが、挨拶をくれる。

「どうやら、お主も中々に鍛え上げているようじゃな。ワシも更なる強さを求めて修業を続ける身。どうじゃ？　ワシと手合わせして、共に切磋琢磨《せっさたくま》しようではないか」

ガンフー師匠の提案と共に、クエストメニューが表示される。

どうやら、10万Gを支払うことで、ガンフー師匠に挑むクエストが始められるようだ。

「えっと……はい。よろしくお願いします」

俺がそう言ってメニューから10万G支払うと、クエストが開始される。

するとガンフー師匠が道場の壁に掛かっていた、先端には幅広で肉厚な両刃の大剣が合体したような槍《やり》――剣槍《けんそう》を壁から外して肩に担《かつ》ぐ。

だが、その武器には、重りのベルトが何重にも巻き付けられており、非常に重量がありそうだ。

そんな剣槍の柄の中程を右手で持ち、軽々と片手で振り回すのを見て、表情が引き攣《つ》る。

「ユンちゃん、頑張れー」

「どうせ、死に覚えゲーだから、気軽に戦えー！」

セイ姉ぇとミカヅチが応援と緊張を取る声を掛けてくる。

だが、ブンブンと振られる重量感のある剣槍を前に、人事だと思って！ と泣き言を言いそうになる。

そんな俺とガンフー師匠の間にもう一人――彼の弟子らしき細身の獣人ＮＰＣがソロクエストのルールを説明してくれる。

「この道場での試合は、三本勝負です。真剣勝負に準じた内容のために、個人が用意できる如何《いか》なる手段を用いても構いません。先に三本取った側の勝利となります」

プレイヤーは、蘇生《そせい》薬で復活できる。

そのため、蘇生薬で無限にゾンビアタックを続ければ、いずれは勝利できてしまう。

そうしたゴリ押しを防ぐためにプレイヤーが倒される度に、ガンフー師匠にカウントが入り、三本先取されたら、クエストは強制終了になるようだ。

「使える蘇生薬は、実質2回までか……」

「それでは、ガンフー師匠との立ち会いを望みますか？」

「ちょっと待って……」

どのような戦闘になるか分からないために、センス構成を付け替える。

【無機洞穴】の寒冷環境に耐えるための【寒冷耐性】を外して、【調教師】のセンスを装備し、自身に攻撃、防御、速度の三重エンチャントを掛け、更に強化丸薬《ブースト・タブレット》も飲む。

「よし、準備完了！　よろしくお願いします！」

「うむ。では、両者、所定の位置に付いて」

弟子のNPCの指示に従い、道場の中心に描かれた開始線の手前に立つ。

俺とガンフー師匠との距離は、約5メートル。

ガンフー師匠の剣槍の間合いには入らないが、互いに少し近づけば打ち合いのできる距離だ。

そして俺の使う弓矢は、遠距離が得意であるために試合の開始と共に距離を取らなければならない。

「それでは――試合開始！」

審判を務める弟子のＮＰＣが手を振り下ろすと共に、俺は、弓に矢を番《つが》えつつ、バックステップで距離を取ろうとするが――

「――はぁぁぁぁぁっ！」

「っ⁉　早いっ！」

一足飛びで5メートルの距離を詰める跳躍と共に、ガンフー師匠が剣槍を縦に振り下ろしてくる。

【空の目】がガンフー師匠の動きを捕らえて、ゆっくりとした動きで見えるが、その動きを回避するための体が付いていかない。

徐々に迫る剣槍の突きをギリギリで避けたが、攻撃はそれだけでは終わらず、更に避けた俺を追尾するように突きを放ってくる。

「――ガハッ⁉」

「まだじゃぞ！」

追尾の突きを受けた俺は、一撃でＨＰの6割を持っていかれた。

（ヤバい！　一撃でこんなにダメージが、距離を取って回復！）

突きを受けてその場で踏ん張ることはせずに、攻撃の勢いを利用して後ろに下がる。

だが、【看破】のセンスが頭部に危険が迫るのを感じ、咄嗟《とっさ》にその場でしゃがみ込む。

尻餅をつくような不格好な避け方をした直後、一歩踏み出したガンフー師匠の横振りが頭上を通り過ぎていた。

「ひぇっ⁉　あ、危なかったぁ……」

頭上の攻撃が通り過ぎた後は、急いで立ち上がる。

一発のダメージが大きすぎて、あと一回でも攻撃を受ければ倒される。

そんな状況に戦慄《わなな》きながらも、ガンフー師匠の攻撃は止まらない。

一発アウトな状態でガンフー師匠の動きを見切ろうと【空の目】で注視し、必死に避け続ける。

横の切り払い、突き、縦振りに掬《すく》い上げ、そして剣槍を戻す際にも一撃を入れてこようとする。

なんとか攻撃を掻《か》い潜り、距離を離すことができた。

そしてその距離を保ったまま、こちらを窺《うかが》うような静止や一定の距離を保ったままの横歩き、攻撃時には溜《た》めがあるために回避タイミングが計りづらく、攻撃の警戒に神経がすり減っていく。

更に、ＨＰを回復しようとメガポーションを取り出すが——

「——チェェェスト！」

「うわっ！　くそ、勿体《もったい》ねぇ！」

無理に回復しようとすれば、攻撃で回復が妨害されて、ポーションを取り落としてしまう。

なんとか相手の動きが止まったタイミングを見つけてメガポーションで回復するが、それでも状況は改善しない。

距離を保ちながら弓矢で攻撃するが、剣槍で弾《はじ》かれるか左右に躱《かわ》されてしまい、倒すために強力なスキルやアーツを安易に使おうとすれば――

「――《魔弓技《まきゅうぎ》・幻影《げんえい》の……しまった！」

「はぁぁっ！」

アーツを放つために足を止めた瞬間、右から振るわれた剣槍に切り裂かれる。

そして、返す刃で再び切り裂かれて、道場の地面に倒れ込む。

「――ガンフー師匠、一本！」

審判の声が響いた後、俺は【完全蘇生薬】を使って起き上がる。

既にガンフー師匠は、開始線まで戻っていた。

「……ヤバい、手も足も出ない」

ほとんど良いように振り回されており、更に一度死んだことでエンチャントなどのバフ効果も全部消えた状態で再開してしまう。

「こうなれば……」

「――試合開始！」

「――《召喚》！　みんな、出てこい！」

俺は、インベントリからリゥイやザクロ、プランの召喚石に、合成ＭＯＢたちを召喚する核石《かくいし》をありったけ放り投げて呼び出す。

「さぁ、あたいたちの出番だ！」

以前、センス拡張クエストに出現した自分のドッペルゲンガーと対峙《たいじ》した時、合成ＭＯＢたちの数の力で倒すことができた。

邪道な方法であるが、攻略のために呼び出した合成ＭＯＢたちを唆《けしか》け、ザクロを俺に憑依《ひょうい》させて自己強化に努めるが……

「ふはははっ！　面白い！　面白いぞ！」

「わ、笑ってやがる……」

解除されたエンチャントの掛け直しも忘れて、ガンフー師匠に殺到する合成ＭＯＢたちを見ていた。

最初は、数の力によってダメージを与えられていた。

だが――

「さぁ、もっと力を見せてみろ！　――《大車輪》！」

範囲攻撃に優れた剣槍を振り回し、周囲を囲む合成ＭＯＢたちを纏《まと》めて消し飛ばしていくのだ。

「あっ、ヤバい……」

ガンフー師匠は、槍系のアーツを使うらしく合成ＭＯＢたちの半分近くを一薙《ひとな》ぎで倒していく。

ガンフー師匠のＨＰが９割も残り、俺の間近まで迫り武器を掲げている。

その行動に対して、回避しようと後ろに下がる俺の意思に反し、憑依させたザクロが【オートガード】を発動させて、三本の尻尾で攻撃を受け止めようとする。

その結果――

「ぐっ……やっぱりダメかぁ」

防御を貫通したダメージが俺を襲い、ノックバックで吹き飛ばされると共にＨＰの半分を一度に失ったことで【気絶】の状態異常《バッドステータス》が発生した。

そこで【気絶】から復帰することなく、追い打ちでトドメを刺されてしまう。

「えぇえっ……あたいたちの出番が……」

俺が倒されたことで召喚していたリゥイとプランが残念そうな声を出しながら召喚石に戻され、審判役の弟子NPCがガンフー師匠の二本目を宣言する。

「くっそぉ……使役MOBは相性が悪いかぁ」

一撃受ける度に、HPが大幅に削られて【気絶】の状態異常《バッドステータス》が発生するリスクがある。

ザクロを俺に憑依させると、三本の尻尾の【オートガード】で受けに回ってしまう。

更に、合成MOBのような雑兵をいくら集めてもガンフー師匠に軽く薙ぎ払われて倒されてしまう。

「これは、本当に一対一の真剣勝負だなぁ」

むしろ、戦闘の内容自体は、一戦目の方がまだ良かったと思いながら二本目の【完全蘇生薬】を使い起き上がる。

俺が倒されたことで憑依していたザクロも解除されてリゥイやプランと同様に召喚石に戻され、他の生き残っていた合成MOBたちも核石に戻っている。

「ほれ、早く線まで戻って来ないか。それともここで棄権するか？」

「くっそぅ……せめて一本は取ってやる！」

俺は、ガンフー師匠に勝つための戦略を練り、三戦目が始まる。

「とりあえず、相手の動きを観察して覚えないと――」

三戦目は、互いに距離を取りながら様子見する。

後ろばかりに下がると壁際《かべぎわ》に追い詰められてしまうために、ガンフー師匠が動く方向とは反対側に動きながら距離を保つ。

「どうした！　掛かってこないなら、こっちから行くぞ！」

そう言って最初の時のように一足飛びで距離を詰めてくるガンフー師匠に俺は、今度は前に進む。

剣槍《けんそう》で注意すべきは、刃だ。

その刃を警戒して後ろに下がると続く連続攻撃を叩《たた》き込まれる。

だから、逆にガンフー師匠の間合いに入り込み、至近距離から弓矢を叩き込む。

「これで、どうだ！　――《弓技《きゅうぎ》・鎧通し《よろいとお》》！」

得物の内側に入り込んで躱し、ガンフー師匠に防御無視の強力な矢を叩き込み、残りHPが7割まで減った。

この戦い方なら、と確かな手応えを抱く。

飛び込む勢いのまま縦に振るわれた剣槍が戻される前にガンフー師匠の左脇を抜けて再び距離を取ろうとした瞬間、ガンフー師匠の空いた左手の拳が振り抜かれ、殴り倒される。

「ガハッ、ヤバい……」

【看破】のセンスが反応し、咄嗟に倒れた地面を転がれば、先程までいた場所を力強く踏みつけられていた。

「はぁはぁ……そうだよなぁ。武器以外でも攻撃できるよなぁ」

今まで接近しなかったが、至近距離では拳や足などの体術も使うようだ。

遠距離に持ち込もうにも跳躍で一気に距離を詰められる。

「俺も回避だけは、なんとかできそうだな。それなら、防げない攻撃でジワジワHPを削ってやる」

俺は、インベントリからニトロポーションを取り出し、ガンフー師匠とジリジリと距離を取りつつ、投げ込むタイミングを計る。

いくら弓矢を弾き落とせると言っても、ニトロポーションは少しの衝撃で大爆発を引き起こす。

叩き落としや回避をしてもその爆破範囲に居れば、ダメージを受ける。

そして、ニトロポーションを投げる絶好のタイミングが来た。

「今だ！　これでも喰《く》らえ！」

全力で投げたニトロポーションが、真《ま》っ直《す》ぐにガンフー師匠に飛んでいく。

だが、狙いだけで勢いのない投擲《とうてき》物に対して、ガンフー師匠は、空いた手で柔らかく受け止める。

「ほれ、返すぞ！」

「へっ？　ちょ――」

受け止め、投げ返されたニトロポーションが俺の体に当たって割れ、大爆発を引き起こす。

「――ガンフー師匠。一本！　ガンフー師匠の勝利！」

至近距離での爆発に巻き込まれた俺の残りＨＰがゼロになり、道場の地面に倒れる。

「ふはははは っ！　中々楽しい試合だったぞ！　また挑んでくるがいい！」

暗くなる視界の中でガンフー師匠の声を聞き、三本勝負の決着がつく。

こうして、ガンフー師匠との最初の試合は、敗北に終わるのだった。

●

「ユンちゃん、お疲れ様。その、残念だったわね」

「落ち込んでるみたいだけど、誰だって最初はあんなもんだ。何度も挑んで死んで覚えることが前提の難易度だからな」

クエスト終了後の回復で起き上がった俺に道場の観客席で見守っていたセイ姉ぇとミカヅチが出迎えてくれる。

「ううっ、セイ姉ぇ、ミカヅチ……なんだよ、あの強さ！　めっちゃ強いじゃん！　あんなのソロで勝てるのかよ！」

二回も攻撃を受ければ倒され、蘇生薬《そせい》も2回しか使えないNPCを倒すソロクエストの難易度に俺は恨む。

更に、あれでまだ第二、第三段階と強化されるのだ。

「私らだって何度も死んで攻略したんだ。いずれ攻略できるさ」

「大丈夫よ。ユンちゃんなら、きっと攻略できるわ」

そう二人から慰めの言葉を貰《もら》うが、また無策のまま挑んでボロ負けしたら心が折れる。

「アドバイス！　ガンフー師匠に勝つためのアドバイスは何かないのか？」

俺が縋《すが》るような目でセイ姉ぇとミカヅチを見るが、二人とも困ったように視線を上の方に向ける。

「あー、私とユンちゃんだとプレイスタイルが違うから、参考にならないかもしれないわよ」

「前衛の私や魔法使いのセイとも違うタイプだからな。まぁ、ガンフー師匠の基本的な動きは教えるさ」

　そうして、その場でミカヅチからガンフー師匠について教わる。

「まずはガンフー師匠の動きは攻防一体の動きだから、単純に強いんだよ」

「攻防一体？」

「例えば、こちらの攻撃を防ぐために振るう剣槍でダメージを与えてくるとかだな」

　俺は、先程の戦いを思い返す。

　確かに、俺の攻撃を妨害するために跳躍と共に振るわれる縦振り、合成ＭＯＢたちに囲まれた際に攻撃を受けないための回転斬り、至近距離は不利であるために拳や足技など。

　攻撃を与えつつ、こちらの攻撃を潰す意味では、攻防一体のボスとも言える。

「私の場合は、大振りの攻撃を躱《かわ》して側面や背後に回り込んでその隙を突いてダメージを与えていたな」

　ガンフー師匠の大振り攻撃は、戻しがやや遅いので次の攻撃に繋《つな》げるまでの隙を狙ってヒット＆アウェイを繰り返していたそうだ。

「基本は、大振りを回避すると同時に接近して一撃を叩き込んで、即座に離れる持久戦だな。とにかく欲張って攻撃を与えると、逆に戻した武器の連撃でやられるからな」

「へぇ……でも、それだけなの？　なんて言うか、凄《すご》い基本的？」

「確かにユンちゃんの言うとおり、隙を突いて攻撃って戦闘の基本よね。だけど、それが高水準なレベルで求められるからこそ、シンプルに難しいのよ」

俺の感想にセイ姉ぇがそう言いながら、ガンフー師匠の難しさを補足してくれる。

第三段階のガンフー師匠を倒さなければ装備容量増加のクエスト報酬は得られず、二段階、三段階目では更に行動パターンに変化が生まれる。

剣槍の攻撃を僅かに遅延させたり、逆に素早く仕掛けて武器で打ち合うタイミングをズラしたり、反応速度が上がったりするらしい。

「私の場合は、第一段階でガンフー師匠の回避後を狙ってたけど、第二段階からは更に回避ステップが増えるし遠距離攻撃も仕掛けてくるから大変だったわ」

魔法使いのセイ姉ぇも、俺の時みたいに中級や上級魔法を使うと発動までの隙を逆に突かれるそうだ。

そのために、ガンフー師匠が防げない水魔法の《アクア・バレット》を連射して、初弾を避けた所で回避先で次弾を当てるようにしていたようだ。

第二段階からは、ガンフー師匠の回避行動が三回連続まで増え、飛ぶ斬撃で遠距離からも反撃してくるので一筋縄ではいかないようだ。

ただ、理詰めのゲームが好きなセイ姉ぇとしては、どうやって追い込んで勝つかを考えるのが楽しかったようだ。

「攻撃の隙を突くタイミングが重要で、動きをパターン化して焦《あせ》らずに対処していくのが攻略法だな。第二段階までは、一定以上のＳＰＥＥＤのステータスとプレイヤーの反射神経さえあれば、攻撃に対応できて無傷で勝てる」

「無傷って、ホントかよ」

俺が胡乱《うろん》げな目をミカヅチに向けるが、自信満々のミカヅチを見ると嘘《うそ》ではなさそうだ。

「第二段階までは慣れさ。そうして突破した先の第三段階のガンフー師匠は、武器の重りを外すからな。更に攻撃の威力と速度が上がるんだ」

「あれよりもっと強くなるの!?　無理無理！　絶対に無理！　押し潰されるって！」

あんな一撃でＨＰの半分以上を持っていく攻撃を更に早い頻度で打ち込まれれば、回避と回復の暇なくＨＰが削られる。

「攻略法の一つには、回避せずに正面から武器同士の打ち合いを続けると、ガンフー師匠のスタミナが削れて大きく体勢を崩して隙を晒《さら》したりするんだ」

「マジかぁ……俺のセンスじゃ普通に無理だって……」

「武器での打ち合いは、あくまで一つの方法だからね。私の場合、氷魔法の《アイス・ランス》を武器に当てることで、攻撃を防ぐこともできたわ」

セイ姉ぇの場合は、ガンフー師匠の武器で防ぎづらい水弾から物質的側面のある氷槍《ひょうそう》の魔法に切り替えて、武器に当てることでガンフー師匠の攻撃を阻止したようだ。

「まぁ、ここまでの立ち回りは、私やセイに合わせたやり方だ。嬢ちゃんの場合は、武器での打ち合いができないから、防がれづらいニトロポーションの爆破で効率よくダメージを与えるのが有効なはずだ」

確かに、ニトロポーションの有効な使い道に気付いたミカヅチから、そう説明された。

だが、実際に先程使って問題点が浮き彫りになった。

「確かにガンフー師匠は、ニトロポーションの爆破を防げないかもしれないけど、普通に投げ返された」

頼みのニトロポーションも逆に素手で受け止められて投げ返されて、死んだのだ。

その時の様子を見ていたセイ姉ぇとミカヅチは、若干罰の悪そうな顔をして視線を逸《そ》らしている。

二人が有用だと思ってアドバイスしてくれたが、今のままでは通用しないようだ。

「ニトロポーションが投げ返されたのは予想外だったよなぁ……そうなると、もう一手間加える必要があるかもな」

ミカヅチが腕を組んで悩む中、セイ姉ぇが聞いてくる。

「とりあえず、ユンちゃんのセンスを見せてくれる？　それを踏まえた上で対策を考えましょう」

「わかった、セイ姉ぇ」

俺は、ガンフー師匠との試合を踏まえた上で、更にセンスを調整する。

所持SP《センス・ポイント》57
【長弓Lv46】【魔弓《まきゅう》Lv42】【空の目Lv45】【看破Lv51】【剛力Lv20】
【俊足Lv42】【魔道Lv47】【大地属性才能Lv35】【調薬師Lv43】
【潜伏Lv13】【付加術士Lv25】【念動Lv20】
控え
【弓Lv55】【装飾師Lv17】【錬成Lv20】【調教師Lv24】【料理人Lv28】
【泳ぎLv26】【言語学Lv29】【登山Lv21】【生産職の心得Lv42】
【身体耐性Lv5】【精神耐性Lv15】【急所の心得Lv20】【先制の心得Lv21】
【釣りLv10】【栽培Lv24】【炎熱耐性Lv12】【寒冷耐性Lv4】

武器を切り替えるタイミングや真っ正面から打ち合うATKもないために【料理人】のセンスを外し、【長弓】のセンスを装備する。

更に、【調教師】のセンスも一対多を纏《まと》めて相手にできたガンフー師匠とは相性が悪いために外し、【潜伏】センスを装備する。

「装備センスは、こんな感じだけどいけると思う？」

「別にいけるんじゃないか？　さっきも言ったが、投擲《とうてき》物を使う工夫は必要だけど、今の嬢ちゃんのレベルでも十分にクリアできるはずだ」

「後は試行回数ね。ユンちゃん、頑張って……」

「あははは、そうなんだ」

乾いた笑みを浮かべつつ、とりあえず今はガンフー師匠に再戦する気にもなれず、セイ姉ぇとミカヅチと別れて、【アトリエール】に戻ってくる。

そして、【アトリエール】に帰ってくると、俺のインベントリの召喚石からリゥイやザクロ、プランたちが勝手に現れ、しょんぼりとした雰囲気を出している。

「きゅう～」

「……あたいたち、全然役に立てなかった」

三人とも俺が呼び出したのに、ガンフー師匠に歯が立たずに、俺がやられたことで強制送還された。

それに気落ちしているリゥイたちの様子に、俺は小さく笑いながら語り掛ける。

「まぁ、今回ばかりは相性が悪かったから仕方が無いさ」

「でも……」

なおも言い募ろうとするプランの言葉を遮り、俺は語る。

「ガンフー師匠とは、俺が一対一でやらないといけないみたいなんだ。だから、リゥイたちには、俺がちゃんと戦えるように手伝って欲しいんだ」

普段は、俺がサポートに回る側だが、今回はリゥイたちが俺を戦えるように支えて欲しい。

「とりあえずは、アイテムの補充をしないとな！【無機洞穴】でニトロポーションを使ったから砂漠エリアから【神秘の黒鉱油《くろこうゆ》】を回収に、【気絶】対策に【対撃の予防薬】も必要だからその素材集めを手伝って欲しいな」

「ヒィーン！」

俺がリゥイたちにそう頼み込むと、俯《うつむ》き気味だったリゥイが顔を上げて、珍しく高い嘶《いなな》き声を上げる。

「きゅきゅっ！」

「任せてよ！　あんな化け物ジジイには勝てないけど！　お手伝いは頑張る！」

リゥイと同じようにザクロやプランもやる気を見せ、俺を手伝うことで間接的にだがガンフー師匠にリベンジしたい、という気持ちが溢《あふ》れている。

「さぁ、少し休憩したら素材集めを頑張るぞ！」

「ヒヒィーン！」

何もできずに強制送還されて悔しかったのかリゥイの大きな嘶きが、ザクロやプランの声を掻《か》き消してしまったが、二人は片手を上げてやる気を見せている。

そして、お茶とお菓子で一休みした俺たちは、【アトリエール】のミニ・ポータルから砂漠エリアに移動する。

「やっぱり、装備容量が多くあれば、便利だよなぁ」

普段身に着ける【身代わり宝玉の指輪】【フェアリー・リング】【射手の指貫《ゆびぬき》】に加え、先日新たに作った【神鳥竜のスターバングル】を合わせるとアクセサリーの装備重量が6になる。

砂漠エリアの対策装備の【夢幻の住人】と【ワーカー・ゴーグル】を身に着けるには、装備重量が5も必要になるので、どれか一つアクセサリーを付け替えなければいけない。

アクセサリーの装備容量が増えれば、アクセサリー交換の手間も減るのになぁとぼやきながら、砂漠エリアのMOBを全部無視して【神秘の黒鉱油】の採れる油田と隕星鋼《いんせいこう》の欠片《かけら》の採掘ポイントを回る。

そして、素材を集めて【アトリエール】に戻れば、その日はもう遅いためにログアウトするのだった。

●

リゥイたちの協力のお陰で【神秘の黒鉱油】が集まった翌日、それらを使ってニトロポーションを補充する。

「何度も蒸留を繰り返して作る時間もないし……スキルで作るか」

俺は、【調合】のレシピからニトロポーションを選び、スキル調合を実行する。

一度作ったことがある生産アイテムは、レシピに登録され、MPを消費することで再現することができる。

スキル調合は、主に難易度が低く、大量生産したい時に利用される。

その際、調合センスのレベルやDEXステータスなどによって、本来の性能を再現できずに失敗や低品質化することがある。

ニトロポーションのようなダメージアイテムには、一度に与えるアイテムダメージの上限が存在するために、多少品質が落ちても大量に作りたいのだ。

「複雑な手順を踏むアイテムだから、MP消費が重たいなぁ。それに1個作るのに、時間も長い」

ニトロポーション10個作るのに俺のMPの6割ほどが消費し、MPポットを飲みながらスキル調合を続けていく。

それに一撃でHPを大幅に減らされることで発生する【気絶】対策に、【麻痺《まひ》】と【気絶】の耐性付与ポーションである【対撃の予防薬】も必要だろう。

だが、ガンフー師匠に何度挑むかも分からないために、とりあえず各種アイテムを数百本単位で揃《そろ》えていく。

「でも、ニトロポーションをただ投げるだけじゃ、絶対に避《よ》けられるよな。確実に当てるには、どうするべきか……」

ガンフー師匠の第三段階に辿《たど》り着くために、ニトロポーションを確実に当てる手段が必要である。

「あとは、戦略も練って、他に使えるアイテムを探しておかないと……」

スキル調合をする傍《かたわ》らで俺は、別メニューでインベントリや【アトリエール】に保管されているアイテムボックスからガンフー師匠に有効なアイテムを探す。

「そう言えば、【無機洞穴】で手に入れた【結晶柱《けっしょうちゅう》】を加工すれば、マジックジェムの代わりになるよな」

攻撃系のマジックジェムは投げ返されるリスクがあるが、土魔法の《クレイシールド》や《マッドプール》は行動阻害になる。

また綺麗《きれい》に研磨すれば、【身代わり宝玉の指輪】の宝石にも使える。

「そもそも、弓矢とニトロポーションを組み合わせることができれば、それだけで投げ返されるリスクを回避できるよな」

インベントリの整理中に見た《エクスプロージョン》をエンチャントした【隕星鋼の矢】を見て、思い付く。

《物質付加《アイテム・エンチャント》》でエンチャントした矢は、キーワードを唱えることでエンチャントしたスキルを発動させる——言うなればリモコン爆弾だ。

対して、爆発物と矢を組み合わせられれば、着弾と共に爆発する爆弾矢になる。

「一応、作ろうと思えば、爆弾矢って作れたけど、ニトロポーションでも作れるかな」

今までも火薬粘土などの爆発系アイテムと弓矢を組み合わせることで爆弾矢を合成する

ことはできた。

だが、着火には別の火種が必要なため、導火線を伸ばして着火と共に放ったり、炎を纏うMOBに直《じか》に放つなど使い方が限定されたり、不便さがあった。

だが、衝撃だけで爆発するニトロポーションを爆弾矢にすることができれば……

「──【合成】センスを試してみるのもアリかな？」

毒薬と合成して毒矢が完成したように作れるかもしれないと思い、スキル調合で大量生産したニトロポーションで実験してみる。

「いくぞ！　──《合成》！」

合成陣の上に弓矢とニトロポーションをのせて合成した結果──失敗した。

だが、一回で諦める訳にはいかず、何種類かのアイテムと組み合わせて合成した結果、レシピが判明した
「矢と金属インゴット、ニトロポーション、【雷石《かみなりいし》の欠片《かけら》】の四種合成かぁ」

完成したのは、総金属製の矢の先端に円錐《えんすい》状の矢尻が付いた──榴弾矢《りゅうだんや》というアイテムであった。

矢尻の先端には雷石が使われ、円錐状の内部は空洞らしくニトロポーションが詰まっているらしい。

着弾の衝撃で雷石が放電し、その衝撃で矢尻内部のニトロポーションが爆発するようだ。

その際、ニトロポーションを包む矢尻の金属が周囲に飛び散らずに光の粒子となって消えるので、本来の榴弾とは意味合いが異なる爆発系アイテムのようだ。

「本物の榴弾とは違うけど、ニトロポーションの使い方が手榴弾みたいだったし、それを合成したから榴弾矢なのかなぁ」

それとも爆弾よりも強そうな爆発物としての記号として、榴弾の名前が使われているのかもしれない。

「とりあえず、これも試してみるか」

個人フィールドに移動した俺は、前回ニトロポーションを試した場所まで移動し、土魔法の《ストーン・ウォール》を発動させて、それを的にする。

「――いけっ！」

弓を引き絞り、榴弾矢を放つ。

通常の金属で作られた総金属の矢は飛距離が伸びないが、【装備重量軽減】の特性を持つ隕星鋼から作られた榴弾矢ならば、飛距離を減らすことなく放てる。

そして、石壁に着弾すると共に、ズンと腹に爆音が響き、石壁の真ん中に大穴が開いて壁向こうの景色が見える。

「あっ、これ、ヤバめなアイテムになってないか？」

弓矢の命中精度の高さと投擲よりも広い射程範囲と着弾時間の速さがあり、ニトロポーションよりも劇的に使いやすさが向上した。

唯一の欠点は、ニトロポーションに比べて、やや爆破ダメージが下がっているが、元々ダメージ上限に引っかかっていたので、大して気にならないだろう。

そんな榴弾矢の性能に、遠い目をしてしまう。

「弓矢自体の運用が劇的に変わるなぁ。でも、感覚的には、弓系センスのダメージ補正が乗ってないかも」

命中精度や射程範囲は弓系センスに準拠しているが、榴弾矢が強すぎるのか、イマイチ弓系センスの補正を受けているようには思えなかった。

俺は、再び的になる石壁を作り出し、次はより分かりやすいアーツを試してみる。

「いくぞ！　――《弓技《きゅうぎ》・一矢縫《いっしぬ》い》！」

榴弾矢を番《つが》えて、弓を引き絞り、初期に習得できるアーツを使った。

そして、弓から放たれた榴弾矢は、新たに作り出した石壁の的に突き刺さり、爆発を引き起こすが――

「穴の開き方が変わらない。やっぱり、威力に関してだけはセンスの補正が乗ってないな」

二つ並ぶ石壁の穴の開き具合を見比べて、ダメージの差がなさそうだとぼやく。

「単発威力の高いアーツよりも、連射系のアーツと榴弾矢を組み合わせた方が良いかもな」

俺の使う長弓は連射性は低いが、単発威力に優れた武器であるために、《連射弓《れんしゃきゅう》・二式《にしき》》などの連射系アーツとの相性は良くない。

それでも、センスのダメージ補正が受けられない榴弾矢と連射系アーツの相性は良さそうである。

懸念《けねん》があるとすれば、ダメージ上限の低いアイテム攻撃に分類された場合、連射による連鎖《チェーン》ボーナスでダメージが増加しても、容易にダメージ上限に引っかかってしまう点だ。

「とりあえず、榴弾矢は完成、って言っても、隕星鋼の在庫が足りないから、まだまだ集めないとなぁ……」

榴弾矢の実験を終え、【アトリエール】の工房部に戻った俺は、手持ちの素材を次々とアイテムに作り替えていく。

そして、一通りのアイテムが揃ったところでそれらをインベントリに入れ、【断層街】に転移する。

「今度、落ち着いて断層街を見て回りたいなぁ……」

俺は、そうぼやきながらガンフー師匠のいる道場に向かい、今日も10万G支払って挑む。

「よろしくお願いします」

「うむ。では、試合をしようぞ」

剣槍《けんそう》を構えたガンフー師匠と対峙《たいじ》し、昨日のことを思い出しながら戦う。

「まずは《呪加《カースド》》――アタック、ディフェンス、スピード！」

俺は、開始と共にガンフー師匠に三重カースドの弱体化を掛ける。

前回挑んだ時は使う余裕がなかったが、カースドへの耐性は低いようで弱体化が通じた。

「どうした！　攻めて来ぬなら、こちらから行くぞ！」

「こっちは行動パターン見てるんだよ！」

悪態を吐《つ》きながら、動きの鈍ったガンフー師匠の攻撃を避けながら体に覚えさせていく。

俺は【空の目】で遅くなる視界の中で、ガンフー師匠の攻撃を観察する。

どの攻撃パターンの時に、どう回避すればいいか。

どの攻撃パターンの時に、最も無理なく反撃することができるか。

それを探るために、延々と避け続けていくが、途中でカースドの効果が切れてしまう。

「――はぁぁぁぁあっ！」

「やばっ――グッ！」

攻撃モーションの途中、カースドが途切れたことで本来の速度に戻り、攻撃の回避タイミングを間違えて剣槍の一撃を受けてしまう。

剣槍の一撃を受けて大きく吹き飛ばされた俺だが、追撃を回避するために、体勢を立て直して、ガンフー師匠との距離を取りながら考える。

「ガンフー師匠に速度カースドはダメだなぁ。カースドが切れた時に、攻撃の速さが変わるから回避タイミングがズレる。これなら、最初からそのままの速さに慣れた方がいいな」

速度カースドを使ったことを反省しつつ、自分の指に嵌《は》まる【身代わり宝玉の指輪】をチラリと見る。

【無機洞穴】の結晶柱を研磨して台座に嵌め込んでいるために、3回まで攻撃を無効化してくれる。

先程の剣槍の一撃を無効化し、台座に嵌まる宝石に罅《ひび》が入るが、攻撃による衝撃までは消せないために、吹き飛ばされた後の立ち回りも気が抜けない。

「ホント、気を抜いたら、一瞬で倒される緊張感は、しんどいな。《呪加《カースド》》――アタック！」

そう言いながらATKのステータスを下げ、今は勝つのではなく慣れるのを目的として、とにかく対峙し続ける。

何度も何度も攻撃を避け続けて、その中で時折失敗しては、【身代わり宝玉の指輪】の宝石に罅が入り、砕ける。

その後は、回避し損なえばダメージを受けることになり、【気絶】の状態異常《バッドステータス》のリスクを抱えることに緊張する。

カースドでATKのステータスを下げてると言っても、一撃でHPの5割弱まで減らされる。

2回、運が良ければ3回までなら耐えられる攻撃を連続で受けないように避《よ》ける。

攻撃を受けた時は、事前に飲んだ耐性付与ポーションを信じて、【気絶】が回避できるのを神頼みする。

「避けるだけでは勝てぬぞ！　さぁ、攻撃を仕掛けてくるがいい！」

「今は、慣らし中だから無理！　けど、なかなか神経がすり減るなぁ！」

攻撃を受けても慌ててポーションを使えば、その隙をガンフー師匠に突かれる。

慌てず、ガンフー師匠が動きを止める隙が来るまで耐え続ける。

そんなことを20分近くも続け、徐々に息が上がり、精神的にも疲労が溜《た》まっていく。

前と同じく二本取られてギリギリまで追い詰められ、ガンフー師匠に一撃も入れていないが、それでも徐々に第一段階の攻撃を見切れるようになってきた。

そして、集中力が限界に達し、回避が崩れてしまう。

「ヤバっ⁉」

ガンフー師匠の右薙《な》ぎを受けて、HPが半分近くまで減らされる。

更に、対応が遅れて往復で振るわれる連続攻撃の二撃目も受けて、残りHPが1割を切ってしまう。

「これで仕舞いだ！」

最後のトドメを刺そうと、ガンフー師匠が三撃目を決めようとするが——

「——《シャドウ・ダイブ》！」

俺は、道場の影の中に沈み込み、ガンフー師匠の攻撃をやり過ごす。

「はぁはぁ……危なかった。けど、やっぱり《シャドウ・ダイブ》は緊急回避としては優秀だな」

影の中から頭上に居るガンフー師匠を見上げれば、突然消えた俺を探して辺りを見回している。

断崖をくり抜いて作られた道場の天井は吹き抜けで、太陽光が差し込む。

そして、時間帯による太陽の傾きによって道場内に影が落ち、《シャドウ・ダイブ》の隠れ先になるのだ。

「あんまり、道場の端に追い詰められると逃げ場がなくなるけど、上手《うま》い具合に足場に影があれば、こうして逃げられるんだよな」

俺は、影の中を移動してガンフー師匠から距離を取り、姿を現す。

「むっ！　そこに居たか！　まだまだ楽しませてくれる！」

「あはは、まぁ、ピンチを脱しても、まだピンチが続くんだよな！」

《シャドウ・ダイブ》は、確かに緊急回避スキルとしては優れているが、スキルの使用にはいくつかの制約がある。

《シャドウ・ダイブ》の使用中は、常時MPを消費し、他のスキルやアイテムを使用できない。

そのため《シャドウ・ダイブ》中には、HPもMPも回復できず、仕切り直しには向かない。

そのために、早々に距離を取って回復を図ろうとするが、再びガンフー師匠の攻撃を避け続け、隙を見つけてメガポーションを使わなければならない。

何とか、隙を見つけてメガポーションを使いHPを9割まで回復できたが、ガンフー師匠の跳躍斬りからの突きの連続攻撃を受けて倒されてしまう。

「あぁぁぁぁっ！　やっぱり、負けたぁぁぁっ！」

最初から慣らしだと割り切っていた俺だが、ガンフー師匠に負けたことを悔しがる。

「ふはははっ、中々いい汗を流せたぞ。また挑みに来るといい！」

そんな俺にガンフー師匠は、気持ちの良い笑みを浮かべて声を掛けてくる。

まだ第一段階も突破できないが、攻撃パターンに関しては手応えを摑《つか》んだ。

ガンフー師匠を倒すまでは、絶対に諦めない、と胸に誓うのだった。

六章　死に覚えゲーと不屈の石

俺がガンフー師匠に挑戦し始めて6日目——36戦目。

その日は、既に何度も負けており、今日はこれが最後のつもりで挑む。

「今度こそ勝つ！」

「その意気込みやよし！　試合を始めようぞ！」

右手に弓を持ち、ガンフー師匠と対峙する。

審判役の弟子のＮＰＣ《ノン・プレイヤー・キャラクター》の合図と共に、戦いが始まるが最初は互いに様子見である。

「はぁぁぁぁぁっ——！」

最初に仕掛けたのは、ガンフー師匠だ。

突撃の勢いのまま駆け出し、大きく剣槍を突き出してくる。

俺は、剣槍の突きをガンフー師匠の右手側に回避し、更に続く横振りもそのまま走り抜けるように避けて、ガンフー師匠の側面を移動打ちで射貫《いぬ》く。

「ぐっ！　小癪《こしゃく》な！」

「流石《さすが》に、何十回も繰り返せば、動きに慣れるよ！」

ガンフー師匠との戦いに、焦《あせ》りは禁物だ。

絶対に攻撃を当てられる、というパターン以外は仕掛けない。

焦って仕掛ければ、逆に隙を生んで、一気にHPを刈り取られる。

そして、再び距離を取った俺とガンフー師匠は、互いに横歩きしながら様子を窺《うかが》う。

俺は、すぐさま矢筒から複数の矢を引き抜き、指の間に挟む。

「――《ゾーン・ボム》《連射弓《れんしゃきゅう》・二式《にしき》》！」

俺は、発動の早い魔法を使い、ガンフー師匠の居る場所を爆破させる。

ゾーン系を組み合わせた座標爆破は、発動までの僅かな間をガンフー師匠に察知され、後ろに避けられる。

だが、爆破を避けたガンフー師匠を更に追い込むために、連射系アーツを放つ。

1本目の矢は、剣槍を振るって弾《はじ》き落とし、2本目の矢を横に跳んで回避する。

回避の連続、もしくは回避後の弾き落としでガンフー師匠の防御行動が消費し切ったところで――

「これが本命――いけっ！」

「ぐおぉぉぉぉっ！」

俺は、動きの止まったガンフー師匠に榴弾矢《りゅうだんや》を放ち、着弾と共に大爆発を引き起こす。

ダメージを受けたガンフー師匠の唸《うな》り声が聞こえ、爆発で巻き起こる爆煙がその姿を覆い隠すが、気は抜けない。

（前に榴弾矢を当てた時、気を抜いて、飛び掛かりからの連続攻撃でやられたんだよなぁ）

今まで数え切れないほどの失敗を繰り返し、戦ってきた。

ガンフー師匠の第一段階には、油断はない。

「きた！」

「はぁぁぁぁっ！」

煙幕を引き裂くように剣槍《けんそう》を振るい、こちらに駆け出してきたガンフー師匠が剣槍を斜めに振りかぶっていた。

俺は、その構えだけで次の攻撃を予測して、ガンフー師匠の連続斬りを避け続けて距離を取る。

このパターンの時は、攻撃のチャンスがシビアなために狙うのを諦め、回避優先で立ち回る。

その後、機会が来るまでガンフー師匠の猛攻を耐え続ける。

耐え続けた先で、再びガンフー師匠の大振りの予備動作が巡ってきた時、側面に回り込んですれ違い様に矢の一撃を加える。

すれ違い様の一撃は近距離であるために榴弾矢は使えず、低威力の通常矢を使っている。

通常矢のダメージが大体ガンフー師匠のＨＰの１％、榴弾矢はＨＰの５％程度のダメージを与える。

攻撃の機会は中々得られないが、チャンスを見つけて着実にダメージを与えていく。

アイテム攻撃に分類される榴弾矢は、連射して短時間に複数本を当てても一度に与えられるダメージは、最大ＨＰの１割ほどであった。

そのため、榴弾矢の無駄打ちを避けるために、単発で使っている。

そうして第一段階が過ぎる頃には、こちらは蘇生薬《そせい》を１回使っただけで、ガンフー師匠を追い詰める。

「いけっ！」

最後の一撃に焦る気持ちはあるが、無理に攻めずに機会を窺い、回避を誘発させて避けきった所で榴弾矢をお見舞いする。

「――挑戦者、一本！」

ガンフー師匠のHPがゼロになったことで、弟子NPCが判定を下し、俺は僅かな時間で息を整える。

「ぐぬっ、ここまでやるとは！　だが、まだまだ若い者には負けぬぞ！　ふんぬ！」

榴弾矢を受けて地面に片膝を突いていたガンフー師匠が立ち上がり、おもむろに自身の拳法着の上着を破り捨て、上半身裸になる。

くっきりと浮き上がる筋肉に均整の取れたいい肉体は、老人とは思えないほど若々しかった。

最初見た時は、その肉体美に驚き、そのまま呆《ほう》けていたら第二段階の開始と共にボコボコにやられてしまった。

だが、もう何度も見たガンフー師匠の衣服を破り捨てる演出を無感動に眺めながら、俺は第二段階のために【身代わり宝玉の指輪】の空の台座に研磨した結晶を嵌《は》め込む。

「第一段階はまだ前座だ。こっからが本番――」

俺とガンフー師匠が開始線の所に辿《たど》り着き、試合が再開される。

「――試合、再開！」

「チィエエエエエッ――！」

「っ!?」

奇声を上げながら振り上げた剣槍をそのまま振り抜くガンフー師匠。

互いの開始線の距離では攻撃は届かないが、黒い炎を纏《まと》う剣槍の矛先から斬撃が飛んでくる。

それを真横に飛び込むようにして避け、背後の道場の壁に飛ぶ斬撃が当たって消える。

だが、それだけでは終わらず、俺に向かってガンフー師匠が剣槍を振るう度に斬撃が飛んでくる。

「とにかく、残りも避けないと！」

全力疾走で道場を駆ければ、俺を追うように背後に飛ぶ斬撃が通り抜けていく。

それにヒヤヒヤしつつ、最大攻撃回数の４回目が終わったところで、ガンフー師匠の側面に回り込み、矢を放つ。

「ぐぬっ！　はぁぁぁぁっ！」

「くっ——！」

側面から矢を受けたガンフー師匠が振り抜き様に剣槍を振るい、俺を振り払おうとする。

俺もそれを見越して大きく飛び退《の》く。

だが、第二段階からガンフー師匠の剣槍に黒い炎が纏われ、矛先の攻撃判定が15センチほど伸びている。

そのために、第一段階でギリギリの回避に慣れ過ぎるほどに、この変化で回避しきれずに切り裂かれる。

「クソッ、相打ちだったか」

一撃入れて、反撃で一撃貰《もら》ったことに悪態を吐《つ》く。

第二段階から身に着けた【身代わり宝玉の指輪】を1回分無駄に消費してしまったことに後悔しつつ、飛び込んできたガンフー師匠の攻撃を躱《かわ》していく。

その後も、まだ完全には慣れない矛先の判定延長で【身代わり宝玉の指輪】を全て使い切るが、攻撃の連打をやり過ごし、互いに距離を取って様子見となる。

「――《ゾーン・ボム》《連射弓・二式》！」

第一段階でもやったこちらから攻撃を仕掛けて回避の誘発を行う。

座標爆破で飛び退くガンフー師匠を狙うように指に挟んだ矢を次々と放っていく。

第二段階から連続して回避や迎撃できる回数が1回増えている。

それでもやることは変わらず、最後には榴弾矢を打ち込み、爆発に巻き込まれるガンフー師匠の姿が煙に隠れてしまう。

「やっぱ、予備動作が見れないのが辛《つら》い！」

僅かな変化も見逃さないように【空の目】を全力で使い、煙が逆巻くのを見つけて、俺はその場から真横に飛び退く。

直後に、煙の中から飛ぶ斬撃が放たれ、続いてガンフー師匠も煙から飛び出すように跳躍して俺に斬り掛かってくる。

「ホント、真剣勝負は嫌になるよ！」

予備動作が見えない中で、飛び込んで来たガンフー師匠を避けることができた。

搦《から》め手から攻めるばかりの俺は、本当に悪態を吐きながらも、ガンフー師匠の隙を突いてダメージを与えていく。

ガンフー師匠は接近して剣槍を振るい続ける一方、ふとした拍子に後方に飛び退きながら剣槍を大きく振るい、残留する黒炎の斬撃を残すので下手に追撃できない。

かと思えば、ジリジリと互いの距離を測りながら飛ぶ斬撃で牽制《けんせい》してくるので下手に回避誘導のための矢を放つことができずに、何度も攻撃を妨害される。

「――シッ、ハッ、タァ！」

「ヤバい、置き打ちが来た！」

遠距離から繰り出される飛ぶ斬撃を走って避けるが、時折こちらの回避方向を予測して置くように飛ぶ斬撃を放ってくる。

反射神経が試される置き斬撃は、【空の目】のセンスの能力で瞬間的に視界がゆっくりになり、無理な体勢をとって回避することは可能だ。

だが、続く飛ぶ斬撃まで崩れた体勢で避け続けるのは難しい。

「――っ⁉　ガハッ……」

置き斬撃を避けた直後の飛ぶ斬撃を受けて、ＨＰが削られる。

（ヤバい、動きが鈍った⁉）

飛ぶ斬撃の衝撃で蹌踉《よろ》けて足が止まったところで、ガンフー師匠が駆け込みと共に剣槍の突きが放たれ、道場の壁際《かべぎわ》に押し込まれる。

「――っ⁉」

飛ぶ斬撃からの突きの衝撃で動きが鈍り、ＨＰも残り１割となる。

壁際に追い詰められた瀕死《ひんし》の俺に、ガンフー師匠が剣槍を振り下ろして叩《たた》き潰そうとしてくる。

「やられて、堪《たま》るか！　――《シャドウ・ダイブ》！」

あと一撃でも受けたらＨＰがゼロになるギリギリのところで、道場の縁の影に逃げ込み、ガンフー師匠の攻撃を躱す。

更に、ガンフー師匠から離れた位置の影から飛び出した俺は、距離を取りメガポーションを飲んでＨＰの回復を図る。

「やってくれたお礼だ！　吹っ飛べ！　――【クレイシールド】【ボム】！」

俺が壁際の影に逃げ込む直前、インベントリからバラ撒《ま》いておいたマジックジェムを一斉に起動させる。

ガンフー師匠もそれに気付き、剣槍の柄を振るって地面に撒いたマジックジェムを遠くへ弾こうとするが、数が多すぎて対応しきれない。

道場内に迫《せ》り上がる土壁がガンフー師匠を囲い、多重爆破が道場の一角に響き渡る。

その多重爆破の中にいるガンフー師匠に警戒しつつ、メガポーションをもう一本飲んでHPを全回復させる。

「ふははは っ！　まだ戦えるか！　いいぞ！　もっとだ！」

「うへぇ……ピンピンしてるよ」

迫り上がる土壁や舞い上がる爆煙を剣槍で振り払い、ゆったりとした歩みでガンフー師匠が現れる。

多重爆破でHPにはダメージを負っているが、それでもまだまだ残りHPは半分以上ある。

「さぁ、もっとワシを本気にさせろ！」

再びガンフー師匠の攻撃を回避し、隙を見つけて攻撃を加える戦いが始まる。

途中、再びの置き斬撃に遭い、今度こそ倒されて2回目の蘇生薬を消費させられたが、それと同時に相打ちのような形で榴弾矢《りゅうだんや》を打ち込み、ガンフー師匠のHPを削る。

そして、ついに――

「――挑戦者、一本！」

「よっしゃぁぁぁっ！　やっと第二段階まで突破した！」

思わず、歓喜の声を上げてしまう。

ガンフー師匠との対戦のクエストでは、倒した段階に応じて、貰えるクエスト報酬が増えていく。

第二段階のガンフー師匠を倒すことで、俺の欲しかった強化素材【錬磨の秘奥書《ひおう》】が手に入るのだ。

「ふはははっ！　面白いぞ！　ワシをここまで楽しませた者は久しぶりだ！　ワシも敬意を表して本気を出そう」

第三段階の演出としてガンフー師匠は、自らの剣槍《けんそう》に巻かれた重りを外していき、道場の地面に落としていく。

ズンという重い金属音とその後のガンフー師匠の強化にゴクリと唾を飲み込み、緊張感が高まっていく。

ＨＰは満タンだから、攻撃が強化されても1発までなら耐えられるはずだ。

どんな攻撃が来ても絶対に避《よ》ける、という意志を抱きつつ、集中力を高めて、開始線の前に立ってガンフー師匠と対峙《たいじ》する。

「──試合、再開！」

互いに、二本ずつ取られた状態で始まる試合で、もう後がない。

俺は、今までのセオリー通りに、最初は様子見で慣らそうと考えていたが──

「はぁぁぁぁぁっ！」

ガンフー師匠が何やら、力を溜《た》め黒い炎が体から吹き出して剣槍に集まっていく。

「っ⁉　なんか、ヤバそう！　とりあえず、距離を……」

俺は、ガンフー師匠の動きと攻撃の全体像を把握するために、距離を取った。

だが、ガンフー師匠には珍しい長い溜めの後、真上に飛び上がり、上空で滞空しながら担《かつ》いだ剣槍を振り下ろしてくる。

「──吠《ほ》えろ！　王狼《おうろう》！」

剣槍に集束した黒炎が狼《おおかみ》の形を取り、空中をうねるように跳びながら迫ってくる。

「ちょ、ちょっ⁉　それは、どこに避ければ良いんだよ！」

ガンフー師匠が振り下ろした剣槍から放たれた黒炎の狼は、不規則に跳ね回り、俺を追尾してくる。

俺は、上空から迫ってくる黒炎の狼から逃げるために、道場の内周を走り出す。

不規則な動きに回避のタイミングや回避すべき先が予想できず、黒炎の暗い輝きが道場の足下の影を消し去る。

回避先も分からず、《シャドウ・ダイブ》の緊急回避も使えない俺は、大口を開けてこちらに迫る黒炎の狼に呑《の》み込まれていく。

その狼の黒炎によって俺の満タンだったＨＰが一気に減っていき、ゼロになった瞬間、試合が終了した。

「ふははは、久しぶりに血湧き、肉躍る戦いだった！　お主の武勇に感謝を示し、我が道場の秘奥書を渡そう！　更なる武を極めんことを期待しておるぞ！」

黒炎の狼に呑まれた俺は、試合が終わったことで全回復するが、体からは黒い煙がプスプスと立ち上っている。

審判を務める弟子ＮＰＣからクエスト報酬を受け取り、欲しかった【錬磨の秘奥書】を手に入れた。

だが、最後の回避困難な理不尽な即死技を受けた俺は、全然嬉《うれ》しい気持ちが湧いて来ず、ただモヤモヤしたものを抱えながら【アトリエール】に戻るのだった。

今日もガンフー師匠に負けた俺は、【アトリエール】に帰ってきて、店舗部のカウンター内側の椅子に力なく座る。

「ふぅ～、はぁぁっ……まーたー負ーけーたー！」

大きく息を吸い込み、吐き出すと共に泣き言を零《こぼ》す。

そんな俺を慰めるようにリゥイとザクロが擦り寄り、キョウコさんとイタズラ妖精のプランがお茶とお菓子を用意してくれる。

クエスト【修業！　ガンフー師匠】は、10万G支払うことで挑戦でき、負けてもデスペナルティーを負わないために、すぐに再挑戦することができる。

何度もガンフー師匠と戦い、その動きを覚えて反応できるようになって上達を感じ――どのタイミングならダメージを与えられるか、走り回りながら隙を探り――回避に余裕ができたら手持ちのスキルやアイテムで色々試して失敗し――良さそうな方法だけを洗練させてまた上達と、七転八倒な状態だ。

それを繰り返し、今日ついにガンフー師匠の第二段階を突破できたが――

「なんなんだよ、あの最後の一撃～！　あんなの反則だろう～！」

最後の狼の形をした黒炎で満タンのＨＰが一撃で全て刈り取られ、その理不尽さに泣き言を零す。

ガンフー師匠に負け続けて精神的にボロボロな俺は、【アトリエール】のカウンターに突っ伏せて、足下をジタバタさせる。

そんな【アトリエール】の扉が開かれた音に、チラリとそちらの方を見れば、タクが入って来た。

「【完全蘇生《そせい》薬】を買いに来たんだけど……って、ユン。なんかあったのか？」

【ステラ・ギア】からＯＳＯに戻ってきたタクが、気怠《けだる》げに突っ伏す俺の顔を覗《のぞ》き込み、そう尋ねてくる。

「タク、聞いてくれよ～。ガンフー師匠に負けた～」

「あー、なんとなく分かったけど、とりあえず聞くわ」

俺は、カウンター席に着くタクに対して、ガンフー師匠との戦いの愚痴を盛大に零す。

ガンフー師匠の第二段階までの戦いの様子を語り、それを乗り越えた第三段階で開幕の必殺技を受けて即死して負けたのだ。

欲しかった強化素材の【錬磨の秘奥書】が手に入ったけど、第三段階では必殺技のショックで素直に喜べない。

それに今までの挑戦で第一段階を突破する度に報酬として貰《もら》える――【道場拳法着】という布製防具だけが無駄に増えていくのだ。

そんな俺の愚痴を一頻《ひとしき》り聞いてくれたタクは、一言――

「まぁ、あの攻撃は俺が受けても余裕で死ねる技だからな。それにガンフー師匠のソロクエは、失敗しながら何度も挑むクエストだし……」

「死に覚えゲーな相手なのは分かる！　分かってる！　けど、結構、精神的にくるんだよ！」

あまりに連続で負けすぎると虚無感が募り、最後には一撃でHPを刈り取る初見殺しの必殺技があるので、OSO自体が嫌になりそうなのだ。

そんな俺に、タクが気遣う言葉を掛けてくれる。

「それじゃあ、一旦《いったん》止《や》めるか？　話を聞いた限り、目的の強化素材は手に入ったみたいだし、無理に装備容量増加の報酬を狙わなくてもいいだろ？」

もっと、強くなってから再挑戦すればいいんじゃないか？　と提案してくるタクに対して俺はふて腐れたような顔で呟《つぶや》く。

「なんか、負けっぱなしみたいで嫌だ。絶対に勝つまで挑む」

「あははは っ、なんだよそれ」

俺の子どもっぽい意地の張り方に、タクが声を上げて笑う。

そして、一頻り笑ったタクが今度は、ニヤけた笑みを浮かべて指摘してくる。

「目標が高いことはいいけど、ユンの話を聞く限り、今までのペースで進めるとクリアするまでに後1ヶ月以上掛かりそうだよなぁ」

「うっ……」

タクの指摘を受けた俺は、思わず呻《うめ》き声を上げてしまう。

そんな俺の反応を見て、笑いを噛《か》み殺したタクがある提案をしてくる。

「ユンが、ガンフー師匠に早く勝てるように手伝ってやろうか?」

「マジで!? って言ってもレベリングとかで難易度の高いエリアに連れ回す気じゃないよな」

そんなタクの提案に一瞬喜ぶが、すぐにタクたちゲーマー仕様のハイスピード・レベリングが待っているのでは、と警戒してジト目を向ける。

「流石《さすが》に本格的には手伝わねぇよ。俺やガンツたちがガンフー師匠に挑んだ時の動画があるから、それ見てガンフー師匠の動きの解説と対処方法。それからユンが喰《く》らった黒炎の狼の必殺技を防ぐお手軽な防御アイテムを教えるから」

ガッツリとした手助けではないが、実際にガンフー師匠の第三段階の動きが知れるのは嬉しい。

「それじゃあ……よろしくお願いします」

「おう！　俺の隣に来いよ。解説するのに、向かい合うと見づらいからな」

タクがメニューを可視化させてそこで以前、撮影した動画を流し始める。

俺は、タクの隣に並び、ガンフー師匠の動きの解説を受ける。

動画自体は、三人称視点の撮影モードで撮られたのか非常に見やすく、客観的にガンフー師匠の動きを見れたのは参考になった。

「へぇ、このモーションの時は、あのタイミングで反撃できたんだな」

「どうだ？　参考になったか？」

「ああ、凄《すご》い参考になったよ」

今までは特定のモーションの時の隙だけを狙っていたが、他にも狙いやすい隙を教えてもらった。

攻撃の機会が増えて素早く倒すことができれば、その分ガンフー師匠から攻撃を受けるリスクも減らせる。

そうなれば、今までの第一段階、第二段階の突破が楽になるかもしれない。

だが――

「動画を見てイメージは摑《つか》めたけど、実際にそのタイミングを狙えるかなぁ」

「そこは実際に戦ってみてイメージとの違いを修正していくしかないよな。あと、第三段階の動きだけど……」

「うわっ、エグい速さで攻撃してくるなぁ」

第三段階では、開幕に黒炎の狼《おおかみ》にやられたために動きをほとんど知らないが、第二段階に比べて剣槍《けんそう》の速度が上がっている。

「ヤバいなぁ。回避誘発してから攻撃を当てるの難しいかも」

「遠距離攻撃は、飛ぶ斬撃で相殺《そうさい》して、そのままこっちを狙ってくるからな。下手にアーツで攻めると硬直時間にカウンターされるんだ。まぁ、激しさが増す分、HP自体は減ってるから短期決戦を狙うのもアリだな」

ガンフー師匠の動きを客観的に整理していくと、第三段階は攻撃の速度や演出の派手さは増すが、行動自体は、第二段階の動きとほぼ同じだ。

新たに覚えること自体は少ないが、元々攻防一体のボスである分、更に隙が少なくなる。

「第三段階で追加される動作としては、大技の二連縦斬りと回転斬りかなぁ」

連続して襲ってくる炎と衝撃波の二連縦斬りは、後ろに下がるとガンフー師匠の踏み込みで射程が伸びてくるので、避《よ》けるのは難しいらしい。

横に避けても、こちらを追尾して二撃目の縦斬りを叩《たた》き込んでくるので、一度回避しても安心はしていられない。

もう一つの大技の回転斬りは、文字通りガンフー師匠が一回転する範囲技だ。

矛先の炎が僅かに残るために、回避した後の隙を狙うのを許さないらしい。

回転斬りの瞬間に上空にジャンプして回避できる他、矛先が残す炎陣の内側は空白地帯であるらしい。

そして肝心の黒炎の狼に関しては——

「これはもう、ガンフー師匠が飛び上がる前に技の発動を潰すか、迫ってくるタイミングで前に飛び込むしかないな」

上空に飛び上がったガンフー師匠が放つ、大きくうねりながら迫る黒炎の狼。

動画上のタクは、不規則に動き狙いを予測させない黒炎の狼が、一気に襲い掛かるのと同時に、身を低くして黒炎の狼の真下に飛び込むことで避けている。

どうやら黒煙の狼は、斜め上からプレイヤーを追尾して迫ってくるが、急降下できず急旋回も難しいようだ。

十分に引きつけてから、大きく距離を離したり真下を潜《くぐ》り抜ければ、回避できるらしい。

「なるほど、こうやって避けるのか」

「即死級の大技だけど、回避自体は慣れれば容易だからな。だけど、たまに溜《た》め動作からのフェイントでカウンターしてくることがあるから注意な」

溜め動作からの攻撃がチャンスだと思って接近したら、フェイントで反撃を受けるらしい。

そうして次にタクは、自身の失敗パターンを見せてくれる。

技の発動を潰すために接近したタクが二本の長剣を振るい、ダメージを与えようとする。

その際、溜め動作を解除したガンフー師匠がタクに向かって剣槍を縦に振り下ろす。

縦斬りの先行する黒炎がタクの体を焼き、続く二撃目の縦斬りの衝撃波が多段攻撃となって、タクのHPがガリガリと削られて残り2割まで減る。

そんな攻撃を二本の長剣を交差させて耐えるタクだが、ガンフー師匠は、そんなタクに跳躍しながら剣槍を突き放つ。

俺のHPを半分近くも持っていくガンフー師匠の一撃を、残りHP2割の状態で受けたタクは、耐えられないと思った。

だが、動画内のタクは、地面に倒れることなく立ち続けていた。

一連の攻撃を受けて耐え切ったタクは、ガンフー師匠に反撃の一太刀を入れている。

「えっ⁉　なんで今の攻撃を受けてまだ生きてるんだ！　HPだってほとんど残ってないはずだろ！」

連続攻撃を受けたタクは、ガンフー師匠の攻撃を躱《かわ》し、HPを回復して戦闘を仕切り直している。

その後、戦いを継続したタクが、ガンフー師匠に見事に勝利するのだ。

そんな動画を唖然《あぜん》とした表情で見つめる俺の横顔を、タクが楽しそうに見ているのに気付く。

「なんで、HP２割の状態で攻撃を受けて生き残れたんだ⁉」

「それは、このアイテムを身に着けていたからだ」

動画のタクは、三人称視点で撮られているために常にこちらに背を向けた状態であった。

そのため、どんな装備を身に着けていたか分からないが、並んで動画を見ていたタクが薄緑色の石輪に革紐《かわひも》が通された首飾りを取り出す。

きっとそのアクセサリーを身に着けることで倒れるのを防いだのだろうが、薄緑色の石輪をどこかで見た覚えがある。

「それ、どっかで見た覚えが……あっ、これ俺も持ってる！　確か、海賊王の秘宝！」

「正解――海賊王の秘宝の【不屈の石】だ」

タクがニヤリと愉快そうに笑い、即死技を防いだアクセサリーを明かす。

不屈の石【装飾品】(重量:3)
MIND+20　追加効果:【頑丈:1/1】

『俺様の98番目の秘宝さ。こいつがあれば、俺はどんな攻撃も恐れずに立ち続けられる。それこそ、天罰が落ちたとしてもな』

【不屈の石】とは、孤島エリアで手に入るユニークアクセサリーで、【頑丈】の追加効果を持つ。

【頑丈】の追加効果には、HPがゼロになるような攻撃を受けても1で耐え、10秒間無敵時間が発生する効果を持つ。

ガンフー師匠の即死技を【不屈の石】の効果で耐えて、その後HPを回復して体勢を立て直したのだろう。

「一撃が重いから攻撃を耐える回数を1回増やせるし、即死級の技の防御にも使えるのもいいな!」

どうせHP1で耐えるよりも、蘇生《そせい》薬で復活した方が立て直しが楽な場面が多いために忘れていた。

だが、そもそも蘇生薬の使用回数に制限があるガンフー師匠には、HPを1で耐えられる【不屈の石】の相性はいい。

「でも確か、【頑丈】には、回数制限があったよな……」

「ああ、一日に1回。一日経過で回数が回復する」

強力な防御系アクセサリーである【不屈の石】は、【身代わり宝玉の指輪】と同じように再使用までの待機時間《ディレイ・タイム》が設定されている。

「俺の余ってる装備容量でも装備できるし、持ってるアクセサリーだから、使えるな。でも、最初から使うと無駄使いしそう……」

【身代わり宝玉の指輪】と同じように、短時間でそう何回も使える装備ではない。

最初から装備すると無駄に発動させてしまい、ここぞという場面で使えない可能性もある。

「【不屈の石】は、1個しかないし……どのタイミングで使うか。保険として装備しておくか、それとも第三段階まで取っておくべきか」

俺は、自分の手持ちの【不屈の石】を使うタイミングを考える中、タクが提案してくる。

「俺が持ってる【不屈の石】を貸そうか？　【頑丈】の効果を使っても、新しいのに交換すればまた【頑丈】が発動するだろ？」

「あっ、そうか。【頑丈】の追加効果自体には、発動制限はないのか」

あくまで、当該の装飾品の追加効果に回数制限が付いているのであって、同名同種のユニークアクセサリーとでは、【頑丈】の追加効果は別カウントである。

なので、使い終わったアクセサリーを付け替えてもまた発動するのだ。

「それなら、ガンフー師匠に挑む時に、貸してくれるかな」

「おう、元々使ってないから好きに持ってけ」

そう言ってタクは、【アトリエール】のカウンターの上に【不屈の石】を取り出していく。

だが、二つ、三つと【不屈の石】を積み上げていく様子に唖然としてしまう。

「タク……なんで【不屈の石】がこんなにあるんだよ」

「何かに使えると思って、複数手に入れたんだよ。まぁ、ほとんど使わなかったけどな」

「なんと言うか、ユニークアクセサリーなのに有り難《がた》みがないな。普通、こんなに持っていても使わないだろ」

テーブルに8個もの【不屈の石】が積み上げられる様子に呆《あき》れてしまう。

ガンフー師匠との激しい戦いでは、試合の仕切り直しのタイミングくらいしか装備の切り替えができないため、これだけあれば十分以上だ。

「それじゃあ、早速ガンフー師匠に挑んでこいよ！　応援してやるから」

「えっ⁉　もうちょっと準備させてくれよ！　まだ、手に入れた【錬磨の秘奥《ひおう》書】をアクセサリーに付与してないし【身代わり宝玉の指輪】の再使用時間も回復してないんだぞ！」

「どうせ負けるんだから【身代わり宝玉の指輪】なんて無くていいだろ！　それより早くアクセサリーに追加効果を付与して再挑戦だ！　動画で覚えたことを忘れない内に実践するんだよ！」

俺は、全くと溜息《ためいき》を吐《つ》きながら、せっかちなタクに促されて、【神鳥竜のスターバングル】に【補助スキル強化（中）】を付与した後、タクと共にミニ・ポータルで【断層街】の道場へ再度出掛けるのだった。

●

タクに促されてガンフー師匠に挑んだが、動画を見ただけでは対処法は身に着かない。

むしろ、慣れるまでの最善の動きを考える時間で動きが鈍り、逆に悪い結果になったりした。

だが、日々繰り返す程に、動きが洗練されていき——ガンフー師匠に挑むこと15日目、114戦目。

「ユンお姉ちゃん、頑張ってー！」「ユンさん、頑張って下さい！」

「いや、どうしてこうなった……」

新作VRMMOの【フェアリーズ・テイル】と【ステラ・ギア】をやっていたミュウやガンツたちが道場に集まり、俺のことを応援してくれる。

「どうしてって、ユンがガンフー師匠に勝てるように、みんなで応援しているんだろ?」

頭痛を堪《こら》えるように頭に手を当てる俺に、タクがそう答える。

最初は、OSOに残っていたミニッツやマミさん、ケイたちがタクから俺の話を聞き、様子見に来るだけだった。

その話を聞いたミュウたちも集まり、俺がガンフー師匠に勝てるように全力でバックアップするようになったのだ。

「ユンは、観客が居ない方がいいのか?」

「いや、居ないよりは居た方が心強いけど……」

バックアップしてくれるミュウたちは、俺の代わりに榴弾矢《りゅうだんや》の素材集めに協力してくれる。

その代わりに俺は、決まった時間にガンフー師匠に挑み、それを観戦して楽しむのがミユウたちの最近の日課となっている。

黙々と一人でガンフー師匠に挑み続けるより、ミユウたちが協力して応援して楽しんでくれると妙な一体感があって俺も楽しい。

「全員でユン一人をガンフー師匠に勝てるように育てるのを楽しんでるよな」

「やってる側としては、真剣なんだけどな」

タクの言葉に俺は、若干ふて腐れたように呟《つぶや》く。

その一方で、観戦するミユウたちは、『あの失敗は、私もやったなぁ』『あの攻撃は対応するのが難しいよね』という感じで、それぞれのガンフー師匠との戦闘での失敗や負け様で話が盛り上がっているのだ。

死に覚えゲーとは、死に様を観《み》る側も楽しいようだ。

「それで、ユン。今日の調子は？」

「ああ、今日こそは行けそうな気がする」

流石《さすが》に、２週間以上もみっちりとガンフー師匠に挑んできたのだ。

確かな手応えを抱きつつ、もうそろそろガンフー師匠との決着をつけたいと思う。

事前準備のエンチャントを施し、更に強化丸薬《ブースト・タブレット》と【気絶】の耐性付与ポーションも飲んで万全の状態でガンフー師匠に挑む。

「ユンお姉ちゃん、頑張れー！」「ユン、頑張れよー！」

ミュウやタクたちから応援を受けた俺は、ガンフー師匠に挑んでいき、善戦することができる。

「やっぱり、慣れって大事だよな！　――《連射弓・二式》！」

新たにアクセサリーに付与した【補助スキル強化】と【強化効果上昇】の相乗効果で、エンチャントによるステータス上昇量が上がっている。

その状態の俺は、ガンフー師匠の激しい動きにも対応できている。

１００回を超える挑戦回数の中で、対処法が洗練され、相手の隙に２本の榴弾矢を打ち込む。

「ふっ！　中々やるなぁ！」

「チッ、ちょっと遅かったか！」

振り返るガンフー師匠が剣槍《けんそう》の側面を盾に榴弾矢を受け止め、続く２本目の爆破も剣槍を盾に耐える。

もう少し早く打ち込めれば、榴弾矢をガンフー師匠に直接当てられた。

だが、剣槍の側面で受けてダメージを抑えられても、榴弾矢の爆破の衝撃は完全には防げず、十分にダメージを与えている。

『『『きゃぁぁぁぁぁぁぁっ――』』』

俺が攻撃を当てるのに合わせて、ミュウたちから興奮の声が上がる。

その後も、最適化された動きの中で前座の第一段階を難なく突破し、第二段階に入る。

「ふははははっ、お嬢さんがここまでやるとは思わなかったぞ！」

「はぁはぁ……俺は男だ！ ――《連射弓・二式》！」

タクから教えてもらった慣れない攻撃タイミングを狙って攻めたために、ガンフー師匠からの反撃を貰《もら》い、タクが貸してくれた【不屈の石】を消費してしまった。

その後、精神的な動揺から立ち直ることができず、ガタガタのままガンフー師匠に押し負けた。

その後、【完全蘇生薬】で復活後に、交換した2個目の【不屈の石】まで使わされるが、相手も残りHPは少ない。

「今！ ――《連射弓・二式》！」

本当ならもう少し冷静になって、確実なタイミングで仕掛けるべきだったんだろうが、押し勝てると思い、連射アーツで榴弾矢を放つ。

そして、防御行動を取ったガンフー師匠は、その爆破の余波でHPを減らし、道場の地面に膝を突く。

「ふぅ……蘇生薬《そせい》は1回分残ってる。【身代わり宝玉の指輪】も使える状態で第三段階まで来れた。過去一番でいい状況だ」

「ユンお姉ちゃん、いいよ！」「ユン、いけるぞ！　慎重にな！」

ミュウとタクたちからの声援を受け、戦闘のインターバルで3個目の【不屈の石】に交換し、HPを回復するためにメガポーションを使用する。

そんな中、メニューのインフォメーションに新しいメッセージが届いていることに気付く。

「――このタイミングで新しいアーツの習得か」

ガンフー師匠に頻繁に使っていた《連射弓・二式》の使用回数が一定に到達したために、上位アーツを習得したようだ。

一応、OSOを一年以上もやっており、自分の使う【弓】系センスを調べたことがある。

その時に、調べた連射系アーツであるため、軽く新しいアーツの概要だけ眺める。

ガンフー師匠との戦闘中に確認する余裕はないな、と思いながら、ガンフー師匠の第三段階に意識を集中させる。

「前に第二段階を突破した時よりも早くにここまで来れた。精神的な疲労感も薄い！　よし、やれるぞ！」

もしかしたら、今回いけるかも、と希望が胸を過《よ》ぎる。

「ふはははっ！　面白いぞ！　ワシも敬意を表して本気を出そう」

上半身半裸のガンフー師匠が剣槍の重りを外す様子を見ながら、集中力を高めていく。

「――試合、再開！」

「――ふんぬっ！」

審判役の弟子NPCの合図と共に、剣槍を振るうガンフー師匠が距離の離れた俺に向けて斬撃を飛ばしてくる。

「やっぱり、速い！」

でも、何度も見てきて体験してきた攻撃であるために、避《よ》けられないほどではない。

その飛ぶ斬撃を避け、俺とガンフー師匠は互いに距離を測りながら睨《にら》み合う。

そして、ガンフー師匠がこちらとの距離を詰めようとしたところで矢を放つが、それを横飛びで回避される。

2、3本と連続して矢を放ち、サイドステップの回避を誘発させて動きが止まったところで本命の榴弾矢を当てに掛かる。

「喰《く》らえ！」

力強く引いた榴弾矢がガンフー師匠を目掛けて飛ぶ中、ガンフー師匠も剣槍を振るい飛ぶ斬撃で相殺《そうさい》してくる。

空中で爆発した榴弾矢の煙がガンフー師匠の姿を遮ると、俺はその場から駆け出す。

相殺された榴弾矢が巻き起こした煙を引き裂き、俺が直前までいた場所目掛けて、ガンフー師匠が飛び出してくる。

「うらぁぁぁぁっ！」

「やっぱり、来たか！」

飛ぶ斬撃で相殺した榴弾矢の煙が広がる直前、跳躍斬りのモーションに入っているのが見えた。

そのために、榴弾矢の煙で姿が見えなくても、その後の動きを予測して事前に回避に移っていたのだ。

榴弾矢を当てに掛かった時アーツを使っていたら、発動後の硬直時間で跳躍斬りには反応できなかっただろう。

第三段階のガンフー師匠は、初級アーツの硬直時間ですら隙となってしまう。

そして、跳躍斬りを避けた俺は、逆にその側面に矢を放ち、ダメージを与える。

「やっぱり、榴弾矢じゃないと威力が低いな」

跳躍斬りでガンフー師匠との距離が縮まったために、自分も巻き込みかねない榴弾矢は使えない。

ダメージ効率のいい榴弾矢を使いたい気持ちを抑え込み、ガンフー師匠の攻撃を見切りながら側面に回り込み、また矢を放つ。

（深追いは絶対にしない。一撃入れたら距離を取る）

欲張って、連続して攻撃を加えれば、確実に反撃が飛んでくる。

ガンフー師匠との戦いに、焦《あせ》りは禁物だ。

本当は距離を取って遠距離から榴弾矢を使いたいが、剣槍の射程範囲でのギリギリの攻防が続き、途中で矛先の炎を避け損ねてＨＰの６割が減る。

「ヤバっ、回復……チッ、後回しだ！　――《連射弓・二式》！」

ダメージを受けた直後、ガンフー師匠が黒炎の狼《おおかみ》の溜《た》め動作に入る。

俺は即座に回復よりも技発動の阻止を優先するために、距離を取りつつ連射系アーツを放つ。

２発の榴弾矢がガンフー師匠に直撃してダメージを与えるが、技の発動は止まらない。

「これでダメなら回避しかない！」

既にガンフー師匠から距離を取った直後、ガンフー師匠が真上に飛び上がり剣槍を担《かつ》いで滞空する。

「吠《ほ》えろ——王狼《おうろう》！」

ガンフー師匠が剣槍から放つ黒炎の狼が、うねりながら俺を狙って襲ってくる。

徐々に迫る黒炎の狼の動きをジッと見上げながら、真下を潜《くぐ》り抜けて飛び込むタイミングを計る。

「ユンお姉ちゃん、今だよ！」

観客席のミュウの声が響くと同時に、俺は黒炎の狼の真下をスライディングで潜り抜ける。

「よし、やった！」

そして、潜り抜けた先には、地面に降り立つガンフー師匠が不敵な笑みを浮かべて剣槍を横に引いて今まさに振り抜こうとしていた。

「あっ、ヤバ……」

「——ふんぬっ！」

スライディング直後の不安定な体勢の俺目掛けて振るわれる剣槍から、飛ぶ斬撃が放たれて俺にぶち当たる。

即死技の回避で観客席のミュウたちから歓声が上がるが、続く飛ぶ斬撃の追撃に当たる流れに残念そうな声が聞こえる。

飛ぶ斬撃を受けて3個目の【不屈の石】が発動した俺は、HP1で耐えることができ、無敵時間でメガポーションを呷《あお》り、体勢を立て直す。

「ユンお姉ちゃん、頑張れー！」

「大技回避しても油断するなよー！」

ミュウやタクたちの声援に耳が痛いと思いながらも、戦闘の仕切り直しが行われた。

今度は、俺が逃げ続けるように距離を保ち、ガンフー師匠がジリジリと距離を詰めてくる。

そして、互いに弓矢と飛ぶ斬撃で牽制《けんせい》し合う中、ガンフー師匠が大技の予備動作を見せる。

剣槍を肩に担いで腰を沈めた直後、ガンフー師匠が剣槍を素早く振り下ろしてくる。

振り下ろしを正面で止めた剣槍から放たれた黒炎が真っ直《ます》ぐに俺の方に迫ってきて、それを横に跳ぶことで避ける。

剣槍を正面で止めたことで再び素早く振り上げたガンフー師匠は、足捌《さば》きだけで俺を追尾し、今度は振り切る形で剣槍から衝撃波を放つ。

二連縦斬りという大技が俺に迫る中、更に横に跳んで二撃目の衝撃波も躱《かわ》す。

横に二度跳ぶことで回避しつつ、ガンフー師匠の側面に回り込んだ俺は、反撃のチャンスを狙う。

「ここだ！」

走りながら引き絞った弓から放たれる榴弾矢《りゅうだんや》がガンフー師匠の側面に当たり、爆発を引き起こす。

「ここは深追いしない。油断しない」

自分に言い聞かせるように呟《つぶや》きつつ、煙の中を警戒する。

そして、煙の中でガンフー師匠が剣槍《けんそう》を振るい、煙を掻《か》き消し、ゆっくりと姿を現す。

ガンフー師匠の残りＨＰは、約４割だが、勝つまではひっくり返される可能性がある。

そして、俺との距離を詰めて攻めてくるガンフー師匠の攻撃には、全く気が抜けない。

そんな状況で距離を取ることに成功した俺は、榴弾矢を手に取り、ガンフー師匠に狙いを定める。

（よし、これで！）

俺が榴弾矢を放つと共に、ガンフー師匠が剣槍を振るって斬撃を飛ばす。

互いの攻撃は空中で相殺し合うことなくすり抜けて迫る。

放たれた榴弾矢はガンフー師匠の体に当たって爆発し、俺に向かう飛ぶ斬撃は体を捻《ひね》ってなんとか躱す。

（よし、このまま距離を取りつつ、次のチャンスを……）

そう思った次の瞬間、俺の視界が揺れて暗転し、観客席で悲鳴のような声が聞こえる。

（ああ、耐性付与ポーション飲んでたのに【気絶】って、運ないなぁ）

躱したかと思った飛ぶ斬撃は、躱しきれずに大ダメージを負ったようだ。

ここまで順調だっただけに、たった一度の不運で一気に戦況が悪化する。

そのまま気絶した俺は、ガンフー師匠に追い打ちを掛けられて倒されてしまう。

「ガンフー師匠、二本！」

審判の声が響く中、最後の【完全蘇生薬】を使って起き上がる。

「ユンお姉ちゃん、ドンマイ！　まだ巻き返せるよ！」

「運が悪いのはしょうが無いけど、気持ちは切り替えろよ！」

観客席のミュウたちからの生温かな声援と慰めに頬が緩み、自分の顔を叩《たた》いて気合いを入れ直す。

「まだ終わったわけじゃない。《付　加《エンチャント》》――アタック、ディフェンス、スピード！」

倒れたことで消えたエンチャントなどを掛け直し、ここまで温存していた【身代わり宝玉の指輪】を身に着け、3個目の【不屈の石】を新しいのに交換する。

ガンフー師匠の方を見れば、俺とほぼ相打ちのような形で榴弾矢を受けているので相手もダメージを受けている。

「ガンフー師匠のHPは、残り4割。なんとか次の隙を晒《さら》すまで耐えてHPを削りきる」

「――試合、再開！」

審判が合図を下すと共に、戦いが再開される。

「いけっ！」

再開と共に、榴弾矢を引き抜く。

残り少ないHPを少しでも早く削るために速攻を仕掛けるが、放たれた榴弾矢が飛ぶ斬撃で相殺され、一気に距離を詰めてきたガンフー師匠の剣槍が振るわれ、矛先の炎が体を掠《かす》める。

（そう簡単に倒れてくれないか！）

無理に押し切ろうとしたことで反撃を受けて、貴重な【身代わり宝玉の指輪】を1回分消費してしまった。

改めて、慎重に行動し、チャンスが来るのを待つ。

ガンフー師匠との戦いも終盤に差し掛かり、ミュウたちからの声援が一段と大きくなる中、仕掛けてくるガンフー師匠の攻撃を回避しつつ、隙を見て側面に回り込み、通常の矢でHPを削っていく。

俺が一本の矢を当てれば、相手も攻撃を当てて【身代わり宝玉の指輪】を消費する地味な削り合いが行われる。

そうした戦いが続く中、再びチャンスが巡ってくる。

「溜め技のモーション！」

ガンフー師匠との距離は、俺に榴弾矢の余波が届かないギリギリの距離で、黒炎の狼を放つ溜め動作に入っている。

（ダメージを稼ぐチャンスだ！）

「――《連射弓・二式》！」

「ユン、それはフェイントだ！」

無防備なガンフー師匠に連続して榴弾矢を放つためにアーツを発動させるが、引いた場所から観戦していたタクの声が聞こえる。

それでも発動させたアーツの行動をキャンセルすることができず、２本の榴弾矢が俺の手元から離れる。

ガンフー師匠は、溜めの動作を解除して、回転斬りの予備動作に切り替える。

１本目の榴弾矢を体で受け、２本目が到達する直前に回転斬りに巻き込むように切り払って直撃を防ぐ。

そのままの勢いで振り回された剣槍が俺の目の前を通り抜け、続く衝撃波と炎が体を通り抜ける。

「カッ、ハッ――」

回転斬りの衝撃と炎が俺を襲い、吹き飛ばしてダメージを与えてくる。

【身代わり宝玉の指輪】は既になく、地面を転がりながら【不屈の石】が発動する。

それでも俺は、攻撃を耐え切って起き上がると、ガンフー師匠が再び黒炎の狼《おおかみ》を放つ溜め動作に入るのが見えた。

「ユン、避《よ》けろ！」

「ユンお姉ちゃん、チャンスだよ！　攻めて！」

観客席からは全く異なる声援が聞こえる中、ガンフー師匠の状態を確かめる。

相打ち気味に放った榴弾矢を受けて、残りＨＰは２割。

ここで榴弾矢を当ててもアイテムのダメージ制限で１割程度しかダメージが入らず、倒し切れない。

安定を取るなら、一度回復してから改めてＨＰを削ればいい。

だが、とある可能性を閃《ひらめ》く。

「ここからは、賭けだな——《連射弓・三つ巴《みつどもえ》》！」

上空に跳び、剣槍を掲げたガンフー師匠に向かって、戦いの中で手に入れていた新たな連射系アーツを発動させる。

指の間に挟んだ3本の榴弾矢を弓に番《つが》えて、同時に放つ連射系アーツは、上空にいるガンフー師匠の体に当たり、次々と爆発を引き起こす。

アーツの硬直で身動きが取れない俺は、爆煙の中のガンフー師匠を見上げる。

これで黒炎の狼が放たれれば、避けきれずに俺が負ける。

だが、賭けに勝つことができれば——

「ヌググッ……ワシの体が……」

空中に飛び上がったガンフー師匠は、そのまま大技を放つことなく地面に降り立ち、息を荒くしながら膝を突く。

そんな隙を晒したガンフー師匠が復活する前に、俺の硬直時間が解け、再び弓に矢を番える。

「これで、勝ちだ！」

放たれた榴弾矢がガンフー師匠に当たり、爆発を引き起こす。

「――挑戦者。一本！　挑戦者の勝利！」

その直後に、審判が俺の勝利を告げ、爆発の煙が晴れた場所には道場の地面に後ろから倒れたガンフー師匠がいたのだった。

終章　ガンフー師匠と装備容量

ガンフー師匠に勝利できた俺は、ふっと気が抜けてその場にストンと座り込む。

そして、そのまま俺も後ろに倒れながら歓喜の声を上げる。

「んんんっ——やっと、やっと終わったぁぁぁぁぁぁぁぁっ！」

かれこれ2週間、100戦以上も戦い続けたフラストレーションが一気に解放され、それが喜びに変わる。

「ユンお姉ちゃん、おめでとう！　凄《すご》かったよ！」

「ユン、お疲れさん！」

「ミュウ、タク……疲れた。もう二度と戦わない」

仰向《あおむ》けで倒れた俺は、首だけをミュウとタクの方に向けて、そう答える。

そして、そんな俺の様子にタクは、感心したように呟いている。

「それにしてもよく大技を中断させられたな。ユンが攻めた時はダメだと思ったぞ」

「そう？　私は、あそこで攻めるのが勝ち筋だと思ってたよ」

あの場面で、タクは避けるべきだと思い、ミュウは攻めるべきだと思っていた。

二人から真逆の意見が出る中で、俺は自分の考えを伝える。

「俺もあそこで攻めに出るのは賭けだったけど、どうせ負けても検証ついでだと思ってな」

ガンフー師匠は、榴弾矢《りゅうだんや》2本を受けても大技を中断しなかった。

それ以上の榴弾矢を浴びせても、アイテムのダメージ制限で最大HPの1割以上のダメージを与えることはできない。

「榴弾矢にダメージ制限が掛かってても、裏でダメージが計算されてるなら大量に叩き込んで技を阻止できないかと思ってね」

セイ姉《ねえ》とミカヅチがニトロポーションの使い道について教えてくれた時、ダメージ制限の裏でもダメージが計算されていることを教えてくれた。

その時は聞き流してしまったが、ガンフー師匠の溜《た》めの動作を見た時にそれを思い出した。

今までは、榴弾矢を無駄遣いしないようにしていたが、どうせ負けるなら最後に《連射《れんしゃ》弓《きゅう》・三つ巴《みどもえ》》で3本の榴弾矢を叩き込み、行動を阻止できるか調べたかった。

その結果——俺は賭けに勝ち、大技の発動を阻止して怯《ひる》んだガンフー師匠に追撃して勝利することができたのだ。

「まぁ、最初からこれが分かってたら、もっと楽に戦えたかもな」

榴弾矢3本当てて行動阻害できたなら、無理して榴弾矢を打ち込み、戦いを優位に運べる場面もあった。

それを考えると、勝った安堵《あんど》感と共に、もっと上手《うま》くできただろう後悔もやってきて、溜息《ためいき》が零《こぼ》れてしまう。

そして、そんな俺に負けたガンフー師匠が清々《すがすが》しい表情で近づいてくる。

「お嬢さん、良き勝負であった！　ワシもまだまだ精進できることを知ったぞ！」

「えっと……はぁ……」

突然のガンフー師匠との会話に曖昧な返事をするが、それに気にした様子もなく、ガンフー師匠が話し続けてくる。

「ワシとの試合を通じて、お嬢さんも心身が鍛えられ、更なる力を手に入れたことだろう」

クエスト【修業！　ガンフー師匠】のクエスト達成。
ガンフー師匠の第三段階討伐報酬――アクセサリーの装備容量増加（1）

道場の師範であるガンフー師匠と戦ったことで、より多くのアクセサリーを身に着けるだけの力を得た、ということだろうか。

メニューのステータスを見れば、アクセサリーの装備容量が10から11に増えていた。

「また、心身を鍛え直したい時はワシの元に来るがいい。いつでも、待っておるぞ！」

そう言って、道場の定位置に戻るガンフー師匠であった。

「また挑めるってことは、２回目以降には何か報酬があるのか？」

「２回目以降の攻略だと、ガンフー師匠の使っていた剣槍《けんそう》がユニーク武器として手に入るぞ」

俺の疑問にタクがそう答えてくれる。

あんな重そうな剣槍などは要らないし、できればもう二度と戦いたくない。

だが、ガンフー師匠の第二段階に勝てば入手できる【錬磨の秘奥《ひおう》書】は、平均相場１５０万G程度で売り買いされている。

【錬磨の秘奥書】自体は、高価な強化素材ではないが、一定以上のプレイヤースキルと慣れがあれば、第二段階までは倒せる。

俺のように大量のアイテムを使わないプレイヤーにとっては、ガンフー師匠との試合に必要な10万Gと諸々《もろもろ》の消費アイテムを比較すると、十分に金策になる相手かもしれない。

そんなことを考えて、一通りの報酬を確認した俺は、ミュウとタクたちに顔を向ける。

「みんな、色々とありがとうな。俺がクリアできるように手伝ってくれて」

「ユンお姉ちゃん、気にしないで！　ユンお姉ちゃんが戦う姿を応援するの、楽しかったから」

「そうそう、ユンの死に様……じゃなくて戦う様を楽しませて貰《もら》ったからな！」

「タク、死に様って何だよ。言い直したからって、誤魔化せるわけじゃないんだぞ」

人が本気で攻略できずに、試行錯誤する様子を楽しんでるタクにジト目を向けて、全くと溜息を吐《つ》く。

「それにしてもユンお姉ちゃんとガンフー師匠の戦いを観《み》てたら、何だか興奮してきちゃった！　私も強い敵に挑みたい気分になった！」

最近のミュウたちは、新作VRの【フェアリーズ・テイル】をやっていた。

だが、どうしてもゲーム序盤の敵MOBは動きが素直過ぎて、ゲーム慣れしているミュウたちにとっては物足りなかったようだ。

「新作VRは面白かったんだろ？」

「種族要素とかは、可愛《かわい》くて面白かったよ！　でも、やっぱり出来たてのゲームだからまだ内容がちょっと薄いかなー、って感じ」

なにより、美味《おい》しいお菓子がない！　と力説するミュウにルカートたちがうんうんと頷《うなず》いている。

どうやら、まだまだ【フェアリーズ・テイル】というゲームには、発展の余地があるようだ。

「と、言うことで！　折角みんなが集まっているんだから、このまま強い敵と戦おう！」

「それいいな！　俺とガンツも少しＯＳＯから離れてたから、その分追いつかないとな！」

ここ最近は、俺の応援とそのバックアップの素材集めをしてくれたミュウがそう提案し、タクも賛成する。

ミュウパーティーのルカートたちやタクパーティーのガンツたちも異論がない様子だ。

「そっか。ミュウとタクたちが一緒に冒険に出掛けるなら、俺は【アトリエール】に帰るよ。お疲れ様」

「ユンお姉ちゃんも一緒！」

そう言って、道場から抜け出そうとしたが、ミュウに引き留められてしまう。

「えー、ガンフー師匠との試合で疲れたんだけど……」

「そのガンフー師匠との戦いに集中できるように素材集め手伝ったよね！　だから、私たちと一緒にやろうよ！　ね、一回だけ！　お願い！」

ミュウにそう言われてしまうと、返す言葉もなくなる。

ずっと俺がガンフー師匠をクリアするのを手伝ってくれたミュウだが、本当は見ているだけじゃなくて自分も全力で戦いたかったんだろうな、と思う。

「わかったよ、一回だけな。それで、この人数で何するんだ？　と言うか、そもそもどこに行くんだ？」

合計12人の２パーティーが一緒に楽しむとなると、レイドクエストなどに限定されてしまう。

その大人数で、今から移動するのもちょっと面倒である。

そんな俺の疑問にミュウが、不敵な笑みを浮かべている。

「私は、さっきも言ったよね。このまま、って！」

「まさか、この道場？」

「その通り！　ガンフー師匠の道場には、ソロクエストだけじゃなくて、パーティー向けクエストとレイド向けクエストでも戦えるんだよ！」

そう言われた俺は、道場を見回して気付く。

確かに道場内は、ガンフー師匠と一騎打ちをするには、やや広く感じていた。

それにソロクエストだけに使うのは、確かに勿体《もったい》ないが、参戦人数ごとにクエストが用意されていたのなら、納得だ。

「と言うことで、ガンフー師匠！　この全員で相手できるのお願いします！」

「ちょ、ミユウ⁉　俺はまだ心の準備が……！」

「ふはははっ！　大人数での戦いを望むか！　ならば、我が道場の修練兵器を呼び出すしかあるまい！　来るが良い！　――阿修羅《あしゅら》木人像！」

ガンフー師匠が高らかに笑って呼び出すと共に、吹き抜けの天井から差す日に影が差し、見上げると巨大な何かが降りてくる。

ドーン、と言う着地音と共に、膝を折り曲げて着地の衝撃を和らげた木人がゆっくりと顔を上げていく。

「さぁ、こやつと存分に戦うがいい！」

「デ、デカッ！」

そうして立ち上がったのは、体長4、5メートルはある異なる表情を浮かべた三つの顔に、異なる武器を携えた六本の腕を掲げる木人像だった。

「挑戦者対阿修羅木人像との試合――開始！」

そして、開幕直後に俺が見上げていた阿修羅木人像の三つの顔の口がパカッと開き、集束光線を放ちながら、首がぐるぐると回り始めた。

「怖っ！　てか、ビーム危なっ！」

首が回ることで全方位に集束光線を縦横無尽に放てるので、遠距離攻撃もできるようだ。

全く、心の準備ができていない間にもミュウやタクたちは既に戦闘準備を整え、巨大木人との対戦を始めている。


そして、数分後――


「やっぱり、死んだぁぁぁっ！」

阿修羅木人像の一対の腕が持つ弓から放たれた矢に射貫《いぬ》かれて、ＨＰがゼロになる。

真っ先に、阿修羅木人像にやられた俺は、観客席に強制転移させられ、負けた味方が次々とこちら側に転移させられる。

どうやら、レイド難易度の阿修羅木人像との戦いでは、蘇生《そせい》薬が使えないらしい。

そうした戦いの中、一人、二人と抜けていく度に、他のメンバーの負担が増えていき、最後には戦線が維持できなくなって瓦解《がかい》して負けてしまった。

「負けたー！　でも楽しかった！」

「やっぱり、コイツに勝つにはもう少しメンバー増やして何度も練習しないとな」

阿修羅木人像に負けても、楽しそうにしているミュウとタクは、満足したようだ。

「ユンお姉ちゃん、付き合ってくれてありがとうね！　私たちは、ルカちゃんたちと冒険に行ってくるね！」

「ああ、ありがとうな。それと頑張れよ」

俺は、阿修羅木人像にも勝てるように強くなると意気込むミュウたちを見送り、今度はタクたちの方に目を向ける。

「それで、タクたちの方はどうする？」

「俺たちもガンツやミニッツたちと冒険に出掛けてくるよ。阿修羅木人像と戦って実際に差を感じたから、追いつかないとな」

ケイとミニッツ、マミさんは、新作ＶＲゲームに移ることなくＯＳＯを続けていた。そのブランクを埋めて追いつくために、タクたちも冒険に出掛けるそうだ。

「それじゃあ、俺たちは行くな」

「ああ、手伝ってくれてありがとう。また【アトリエール】に来いよな」

今度はタクたちを見送った後、俺は一人道場に残る。

やる事が終われば、あっさりと解散して次に動くミュウやタクたちを見て、相変わらずだと苦笑いを浮かべる。

そして、ここしばらく通い詰めた道場とガンフー師匠を振り返った俺は、深々と一礼して【アトリエール】に帰り、しばらくのんびり過ごすことに決めた。

●

ガンフー師匠を打ち倒してから三日後、【アトリエール】でのんびりと過ごしていた俺の所に客がやってきた。

「ユンさん！　素材が揃《そろ》ったから新しいアクセサリーをお願い！」

「ライちゃん、まずは挨拶だよ！　こんにちは、ユンさん」

「ライナ、アル、お疲れ様。素材が集まったようだな」

俺は【アトリエール】に入って来たライナとアルを労《ねぎら》いつつ、迎え入れる。

「それより、ちゃんと素材を集めてきたんだから、これで新しいアクセサリーが作れるわよね！」

「ライちゃん、そんな急《せ》かすように言っちゃダメだよ。それでユンさんは、どれくらいでできそうですか？」

指定した素材を揃え、【アトリエール】のカウンターに並べていくライナとアルに対して、俺は苦笑しながらも伝える。

「ちょうど暇だから、今から工房で作り始めるよ」

「ユンさん、ありがとう！　これで私たちも、もっと強くなれるわね！」

「そんなに早く作ってもらっていいんですか？　その、ありがとうございます！」

ライナとアルがお礼を口にした直後、ライナの方がソワソワし出す。

「ライナ、どうした？」

「その……私たちのアクセサリーができるの、見ちゃダメかしら？」

どうやら、自分のアクセサリーがどう作られるか気になるようで、ライナが見学を申し込んでくる。

それに対して俺は、苦笑いを浮かべながら了承する。

「作業中は、結構暇な時間が長いから、雑談に付き合ってくれるならいいぞ」

「ありがとう、ユンさん！」

「ありがとうございます、お邪魔します」

そうして、二人を【アトリエール】の工房部に通し、魔導炉に火を入れる。

ライナがアダマンタイトで、アルがフレアダイトとミスリルの合金のアクセサリーを作る予定だ。

アクセサリーのデザインも素材集めする前から決めてあるので、スムーズに始めることができる。

炉に鉱石を投入して溶け出た金属にハンマーを振るい、インゴット化させる。

そこから更に、アクセサリーの土台、加工、研磨、彫刻などの段階が少しずつ進む中、集中する作業の合間の息抜きに二人から話を聞く。

「前にお話しした、レティーアさんが狙っていたＭＯＢが遂《つい》に仲間になったんですよ」

「おおっ、無事に新しい仲間になったのか」

「ええ、そうなのよ！　コールド・ダックのサツキのサッちゃんが凄《すご》く可愛《かわい》いのよ！　それに、ふわふわ、モチモチで柔らかいの！」

そう言って説明するアルとライナは、レティーアが新たに仲間にした使役ＭＯＢのスクショを見せてくれる。

スクショ内には、巨大な純白のアヒルが写っていた。

黄色い嘴《くちばし》に、艶やかな羽毛の中に首を縮めて座るフォルムがまん丸で、羽毛のモチモチ感と合わせて思わず鏡餅や大福を想像してしまう。

ただ、そんなふわふわの胸毛に抱き付くレティーアやベルを見て、和む。

「可愛いなぁ、コールド・ダックのサッちゃん、何食べるんだろう」

「サッちゃんは雑食ですから割と何でも食べますよ。ただ野菜とかの青い物が好物なんです」

そうアルが教えてくれるので、【アトリエール】で栽培している薬草類は食べてくれるだろうか、と思ってしまう。

また、他にもライナたちの撮ったスクショを見せてもらい、頭の上にミルバードのナッツが止まっている姿や座ったサッちゃんのお腹《なか》と地面の隙間に頭だけ突っ込んで羽毛の気持ちよさからそのままの体勢で脱力する草食獣のハルとフェアリーパンサーのフユなど、様々な使役MOBの姿に癒やされる。

そうして合間合間に話をしながら、アクセサリーは着々と完成に向けて進んでいく。

他にも、アクセサリーの素材集めをした時の二人の話に相槌《あいづち》を打ちながら聞いていく内に、今度は俺が話す番になる。

「へぇ、私たちと別れた後は、【無機洞穴《むきどうけつ》】に行っていたのね」

「まぁ、断層街のポータルを登録するために、一回だけな」

「【断層街】って、獣人ＮＰＣ《ノン・プレイヤー・キャラクター》のいる街ですよね！　ベルさんが話してました」

モフモフ大好きなベルから聞いたらしく、ライナとアルの二人とも知っていたようだ。

「【断層街】は、中華風の町並みをしていて結構、良かったぞ。ただ、俺もほとんど探索してないいんだよなぁ」

そう言って、今度は、【無機洞穴】の出口から見上げた【断層街】のスクショを見せれば、二人とも感嘆の声を上げる。

「【断層街】ってもっと厳《いか》つい場所かと思ったら、結構綺麗《きれい》な場所じゃない！」

「でも、ユンさんは、なんでこの場所に行ったんですか？ 確か、エリアの端ですよね」

「それは、ガンフー師匠に挑んだからだな」

ライナとアルのアクセサリーの最後の調整をしながら、そう答える。

「「ガンフー師匠？ 誰？」」

二人揃って首を傾《かし》げる姿を見て、小さく吹き出した俺は、ミカヅチに教えてもらった時のようにガンフー師匠について説明する。

「ガンフー師匠ってのは、【断層街】で道場を構えるクエストNPCなんだ」

「へぇ、そんな相手がいたんですね。それで、ガンフー師匠に挑むって？」

俺の説明に、アルが相槌を打ちながら聞いてくるので、ガンフー師匠のソロクエストを説明する。

「文字通り、クエストでガンフー師匠に一対一で挑めるんだ。ガンフー師匠は、メチャクチャ強かったなぁ。なんてったって勝つまでに100回以上も戦って負けたし」

「ええ!? ユンさんがそんなに負けるって、どんだけ強い相手なのよ！」

「僕は逆に、そこまで負け続けても諦めない理由の方が気になります」

俺がガンフー師匠の強さを説明すれば、ライナは恐れ戦《おのの》き、アルはそこまでして挑み続けた理由に着目する。

「ガンフー師匠に勝つと初回報酬で、アクセサリーの装備容量が一つ増えるんだよ。それ狙いで挑んだけど、結局、盛大に沼ったなぁ」

自嘲気味に笑う俺にライナは、ポジティブな考えを持つ。

「ユンさんが負け続けたってのは、きっと相性の悪さが理由ね！　なら、相性が良ければ私でも勝てるかもしれない！」

「まぁ、俺とガンフー師匠の相性に関しては、良くはなかったかな」

ライナの言うとおり、相性の良し悪《あ》しはあると思うが、相性に関しては良くもないが悪くもなかったと思う。

「よし、決めたわ！　私もそのガンフー師匠に挑んでみるわ！」

「ライちゃん、楽観的過ぎだよ。それにアクセサリーの装備容量が一つ増えても、直接的には強くなれないよ」

それなら、装備の追加効果のスロットを一つ増やす【エキスパンション・キットI】を手に入れた方がまだ強くなれると、アルが諭すが……

「いいのよ！　そのガンフー師匠ってのと一回戦ってみたいの！」

一度決めたライナは、意見を変えるつもりはなく、アルを道連れにガンフー師匠に挑むようだ。

「まぁ、やってみてダメだったら、愚痴でも聞くから。はい、アクセサリーの完成だ」

二人と話し合っている間に作っていたアクセサリーの最終工程である追加効果の付与を終えて完成させる。

「ありがとう、ユンさん！　早速、このアクセサリーを付けてガンフー師匠で試してくるわ！」

「ライちゃん、その前に【無機洞穴】を突破しないと……」

一人暴走するライナに対して、一緒に【無機洞穴】の突破に協力してくれるプレイヤーたちを探すためにフレンド欄を調べるアル。

そうして、バタバタとしながら【アトリエール】から出て行くライナとアルを見送り、しばらくすると、二人と入れ替わるようにエミリさんがやってきた。

「ユンくん、こんにちは。なんだか、機嫌が良さそうだけど、どうしたの？」

「エミリさん。さっきまでライナとアルが店に来てたんだよ」

俺は、エミリさんにサンフラワーの種を使ったパウンドケーキとお茶を用意して、新しいアクセサリーを注文するために【アトリエール】に居たライナとアルのことを話す。

レティーアの仲間にしたコールド・ダックのサツキのスクショを見せてもらったことや、二人の冒険の話、逆に俺がガンフー師匠と戦ったことを語る。

「私もタククんからユンくんがガンフー師匠に挑んでいる話は聞いてたけど、クリアしたのね。どうだったの？」

「攻略するのに2週間、100戦以上戦ってようやく勝ったよ」

「中々苦戦したみたいね」

エミリさんにそう聞かれたので、もちろんだと頷《うなず》く。

「エミリさんは、ガンフー師匠と戦うつもりはないの？」

「うーん。装備容量が増えるのは魅力的だけど、直接的な戦力が増えるわけじゃないから後回しね」

それに今後、もっと難易度の低いクエストで同じ報酬が貰《もら》えるかもしれないし、とエミリさんは言う。

確かに、ガンフー師匠より難易度の低いクエストが登場した場合、そちらの方を優先しそうである。

「まぁ、俺は苦戦したけどその話を聞いたライナが、ガンフー師匠と戦うために店を飛び出していったんだよ」

俺がおかしそうに話す一方、エミリさんも悪戯《いたずら》っぽく笑う。

「ユンくんは、１００回以上挑戦したのよね。ライナは、いったい何回で攻略できるのかしらね」

「もしかしたら、かなり少ない回数で攻略できるかもな。でも、その前に【無機洞穴】を突破するのに時間が掛かるかもしれないなぁ」

ガンフー師匠はソロで挑むことはできるが、【無機洞穴】の攻略は一人では中々難しい。

ライナとアルがどんな冒険をするか分からないが、【無機洞穴】やそれを突破して会えるガンフー師匠は一筋縄ではいかない。

もし、ライナとアルが攻略に詰まって困った時は、【アトリエール】で愚痴を聞きながら、その都度攻略のアドバイスを送ろう。

俺がセイ姉ぇやミカヅチから貰ったように、そしてそのついでに【アトリエール】の商品を買ってもらい、二人の冒険の様子を聞いて楽しませてもらう。

そんな未来を想像しながら、【アトリエール】でのんびりと過ごすのだった。

―ステータス―

NAME：ユン
武器：黒乙女《くろおとめ》の長弓《ながゆみ》、ヴォルフ司令官の長弓
副武器：マギさんの包丁、肉立ち包丁・重黒《じゅうこく》、解体包丁・蒼舞《そうぶ》
防具：CS《クロード・シリーズ》No.6オーカー・クリエイター（夏服・冬服・水着）
アクセサリー装備容量（6／11）
・フェアリーリング（1）
・身代わり宝玉の指輪（1）
・射手の指貫《ゆびぬき》（1）
・神鳥竜のスターバングル（3）
予備アクセサリーの一覧
・夢幻の住人（3）

・園芸地輪具《エンゲージリング》（1）
・土輪夫《ドワーフ》の鉄輪（1）
・ワーカー・ゴーグル（2）

所持ＳＰ《センス・ポイント》60
【長弓Lv51】【魔弓《まきゅう》Lv47】【空の目Lv50】【看破Lv54】【剛力Lv26】
【俊足Lv48】【魔道Lv47】【大地属性才能Lv35】【調薬師Lv50】【潜伏Lv15】
【付加術士Lv29】【念動Lv21】
控え
【弓Lv55】【装飾師Lv18】【錬成Lv23】【調教師Lv24】【料理人Lv28】
【泳ぎLv26】【言語学Lv29】【登山Lv21】【生産職の心得Lv42】【身体耐性Lv5】
【精神耐性Lv15】【急所の心得Lv20】【先制の心得Lv21】【釣りLv10】
【栽培Lv25】【炎熱耐性Lv12】【寒冷耐性Lv4】

・サンフラワーの種油を使い、【完全蘇生《そせい》薬】を完成させた。
・困っている初心者プレイヤーたちを助け、プレイヤーの知名度が上がった。

・【無機洞穴】を攻略し、【断層街】に到達してポータルを登録した。
・爆薬【ニトロポーション】とそれを合成した榴弾矢《りゅうだんや》を作製した。
・ガンフー師匠との修業を通じて心身が鍛えられ、装備容量が一つ増加した。

あとがき

初めましての方、お久しぶりの方、こんにちは。アロハ座長《ざちょう》です。

この本を手に取って頂いた方、担当編集のOさん、作品に素敵なイラストを用意してくださったmmu《エムエムユー》様、また出版以前からネット上で私の作品を見てくださった方々に多大な感謝をしております。

OSOシリーズは、現在ドラゴンエイジにて羽仁倉雲《はにくらうん》先生作画によるコミカライズ版を掲載しております。コミカルでキュートなコミック版のユンたちの活躍や可愛《かわい》い姿を見ることができます。

OSO21巻は、初心に戻って、ユンがソロで頑張る話になりました。

高難易度のボスと一騎打ちで戦い、何度も打ち負かされても挑み続ける様は、某フロムの死にゲーの人型ボスたちを参考に構築しました。

主人公のユンたちプレイヤーが、何度負けてもボスに挑み続ける理由や報酬を考え、膨大な回復アイテムによるゴリ押しができないようにルールを制定し、何度倒されても再挑戦しやすい環境を考えるのは大変でした。

ですが、少しずつゲームが上達して目標に向かって前進できる姿を上手《うま》く文字に落とし込めたと思います。

また、最近の巻ではユンも強くなり、回復アイテムが充実したことで中々負けづらくなっていました。

なので、負けても楽しいというユンの姿を描くのもOSOの初心に返れたのかな、と思います。

ちなみに作者としては、負けてうだうだしているユンの姿が可愛いと思っています。

これからも私、アロハ座長をよろしくお願いします。

最後にこの本を手に取って頂いた読者の皆様に、改めて感謝を申し上げます。

二〇二一年　十二月　アロハ座長

お便りはこちらまで

〒一〇二－八一七七
ファンタジア文庫編集部気付
アロハ座長（様）宛
mmu（様）宛

富士見ファンタジア文庫

Only Sense Online 21
—オンリーセンス・オンライン—
令和4年2月20日　初版発行

著者——アロハ座長《ざちょう》
発行者——青柳昌行
発　行——株式会社KADOKAWA
〒102-8177
東京都千代田区富士見2-13-3
0570-002-301（ナビダイヤル）
印刷所——株式会社暁印刷
製本所——本間製本株式会社

ISBN978-4-04-074028-7 C0193

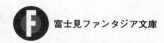

これは世界を救う
1
久遠崎彩禍。三〇〇時間に一度、滅亡の危機を迎える世界を救い続けてきた最強の魔女。そして——玖珂無色に身体と力を引き継ぎ、死んでしまった初恋の少女。
無色は彩禍として誰にもバレないよう学園に通うことになるのだが……油断すると男性に戻ってしまうため、女性からのキスが必要不可欠で!?
シン世代ボーイ・ミーツ・ガール!
王様のプロポーズ
King Propose
橘公司
Koushi Tachibana
[イラスト]——つなこ

最強の初恋
シリーズ
好評発売中!
ファンタジア文庫

ティナ
四大公爵家の
ひとつ、ハワード家に
生まれた公女殿下。
なぜか誰でも扱える
程度の魔法すら使う
ことができない。
変える
はじめましょう
アレン
公爵令嬢ティナの
家庭教師を務める
ことになった青年。魔法
の知識・制御にかけては
他の追随を許さない
圧倒的な実力の
持ち主。
発売中!

学校……じろじろ見ないで
【朗報】
俺の許嫁になった地味子、
家では可愛いしかない。
秘密の結婚生活《ラブコメ》！

ファンタジア文庫
甘えていいし？
家
著者：氷高悠
イラスト：たん旦
親同士の約束で俺に嫁（3次元）ができた!?
相手は地味で目立たない同級生・綿苗結花。
「最近の推しは誰ですか!?」「遊くん…って呼んでもいい？」
趣味もピッタリ、意気投合。
しかも、慣れたら学校では想像できないほど大胆に！
彼女の素顔と、２人だけの生活は可愛さしかない!?
クラスのあの子と

切り拓け！キミだけの王道
ファンタジア大賞
原稿募集中！
賞金
《大賞》300万円
《金賞》50万円
《銀賞》30万円
選考委員
細音啓 「キミと僕の最後の戦場、あるいは世界が始まる聖戦」
橘公司 「デート・ア・ライブ」
羊太郎 「ロクでなし魔術講師と禁忌教典《アカシックレコード》」
ファンタジア文庫編集長
前期締切 8月末日
後期締切 2月末日

富士見ファンタジア文庫

スパイ教室《きょうしつ》01

《花園《はなぞの》》のリリィ

令和2年1月20日　初版発行
令和4年12月10日　23版発行

著者――竹町《たけまち》

発行者――山下直久
発　行――株式会社KADOKAWA
〒102-8177
東京都千代田区富士見2-13-3
0570-002-301（ナビダイヤル）
印刷所――株式会社KADOKAWA
製本所――株式会社KADOKAWA

ISBN978-4-04-073480-4 C0193　◆◇◇

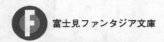

大冒険!?
ポータ
旅商人で癒やし役
大好真々子《おおすきままこ》
真人の母親
大好真人《おおすきまさと》
ゲーム世界に
転送された勇者
ワイズ
賢者なのに
残念な子
1〜10巻
好評発売中!
ファンタジア文庫

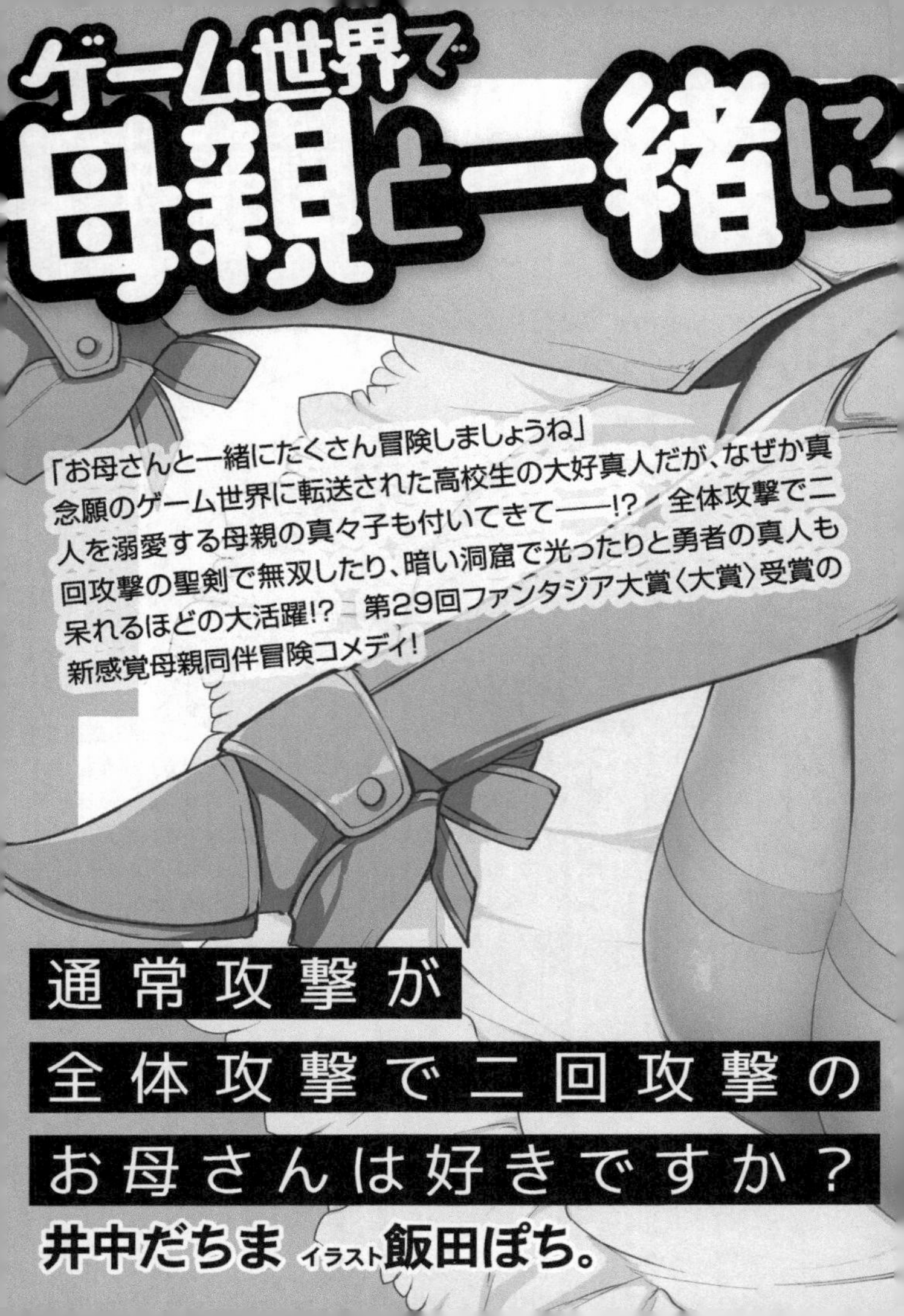
ゲーム世界で
母親と一緒に
「お母さんと一緒にたくさん冒険しましょうね」
念願のゲーム世界に転送された高校生の大好真人だが、なぜか真人を溺愛する母親の真々子も付いてきて――!? 全体攻撃で二回攻撃の聖剣で無双したり、暗い洞窟で光ったりと勇者の真人も呆れるほどの大活躍!? 第29回ファンタジア大賞〈大賞〉受賞の新感覚母親同伴冒険コメディ!
通常攻撃が
全体攻撃で二回攻撃の
お母さんは好きですか?
井中だちま イラスト飯田ぽち。

暗殺教師の矜持《プライド》にかけて
1~11巻&
短編集 Secret Garden1~2
好評発売中!
＜マナ＞という異能力を持つ貴族が人類を守る責務を負う世界。能力者の養成学校に通う貴族でありながら、メリダ＝アンジェルにはマナがなかった。そんな彼女の才能を見出すため、クーファ＝ヴァンピールが家庭教師として派遣される。『メリダに才なき場合、暗殺する』という任務を背負い——。
ンズプライド
ASSASSINSPRIDE
著 天城ケイ イラスト ニノモトニノ

少女の価値を
世界に示せ――
アサシ
第28回
ファンタジア大賞
大賞
受賞作
Fantasia Award Winner
ファンタジア文庫

アルザーノ帝国魔術学院非常勤講師・グレン＝レーダスは、まともに教壇に立ったと思いきや、黒板に教科書を釘で打ち付けたりと、生徒もあきれるロクでなし。
そんなグレンに本気でキレた生徒、“教師泣かせ”のシスティーナ＝フィーベルから決闘を申し込まれるも――結果は大差でグレンが敗北という残念な幕切れで……。しかし、学院を襲う未曾有のテロ事件に生徒たちが巻き込まれた時、グレンの本領が発揮され――!?

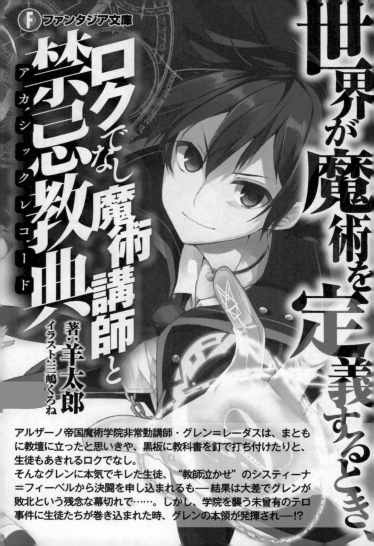

真理の講義が始まる――
●長編
ロクでなし魔術講師と禁忌教典《アカシックレコード》1～16
●短編集
ロクでなし魔術講師と追想日誌《メモリーレコード》1～5
ロクでなしが織り成す
新世代学園アクションファンタジー
大好評発売中!!

切り拓け！キミだけの王道
ファンタジア大賞
原稿募集中！
賞金
《大賞》300万円
《金賞》50万円
《銀賞》30万円
選考委員
細音啓
「キミと僕の最後の戦場、
あるいは世界が始まる聖戦」
橘公司
「デート・ア・ライブ」
羊太郎
「ロクでなし魔術講師と禁忌教典《アカシックレコード》」
ファンタジア文庫編集長
前期締切
8月末日
後期締切
2月末日
公式サイトはこちら！ https://www.fantasiataisho.com/